LES MÉSAVENTURES

DE

JIM SHORTHOUSE

et autres nouvelles

ALGERNON BLACKWOOD

LES MÉSAVENTURES DE JIM SHORTHOUSE

et autres nouvelles

traduction de Aurélie Bescond

Les Oubliés de l'Étrange

Ouvrage précédemment paru en version numérique le
1er janvier 2022

Titres originaux :

The Empty House (1906)

A Case of Eavesdropping (1900)

The Strange Adventures of a Private Secretary in New
York (1906)

A Victim of Higher Space (1914)

The Kit-Bag (1908)

Traduction © Aurélie Bescond (2022)

113, rue du Loc'h 29760 Penmarc'h

Reproduction interdite sans autorisation

ISBN broché : 9798422984480

Dépôt légal : mars 2022

LES MÉSAVENTURES

DE

JIM SHORTHOUSE

La Maison Vide

Il est des demeures qui, à l'image de certains individus, parviennent curieusement à proclamer sur-le-champ leur nature maléfique. Chez ces derniers, nul besoin d'une physionomie particulière pour les trahir ; s'ils se flattent d'afficher en société un visage ouvert et un sourire ingénu, un seul instant passé en leur compagnie suffit pourtant à vous laisser l'immuable conviction que quelque chose débloque radicalement chez eux, qu'ils sont le mal incarné. Volontairement ou non, ils semblent dégager une aura chargée de pensées secrètes et malignes, qui pousse ceux qui se trouvent dans leur entourage immédiat à s'éloigner de leur personne comme ils le feraient d'une chose malade.

Peut-être le même principe opère-t-il dans le cas d'une maison ; peut-être est-ce l'essence d'actes diaboliques perpétrés sous un certain toit qui, longtemps après que leurs véritables auteurs aient rendu l'âme, vous donne la chair de poule et vous fait dresser les cheveux sur la tête. Les vestiges de la passion originelle du tortionnaire et de l'épouvante de sa victime s'insinuent dans le cœur de l'innocent observateur qui, subitement parcouru de picotements nerveux, sent sa peau se hérisser et son sang se figer dans ses veines. Sans raison apparente, il est saisi d'effroi.

Rien, a priori, dans l'aspect extérieur de cette maison en particulier ne pouvait témoigner des horreurs que l'on disait s'y dérouler. Elle n'était ni isolée ni décrépie. Elle jouait des coudes avec ses semblables dans un coin encombré du square, et s'avérait la copie conforme des habitations qui se dressaient de part et d'autre. Elle arborait le même nombre de fenêtres que ses voisines, le même balcon donnant sur les jardins, les mêmes marches blanches conduisant à sa lourde porte d'entrée noire, et à l'arrière, bordé de plate-bandes bien entretenues, le même ruban étroit de gazon courait jusqu'au mur qui la séparait des maisons attenantes. À première vue, le toit comptait également le même nombre de cheminées, la largeur et l'angle des corniches paraissaient identiques, tout comme la hauteur des grilles de l'arrière-cour.

Et pourtant cette maison dans le square, qui semblait en tout point similaire à ses cinquante hideuses voisines, était en fait radicalement différente — horriblement différente.

En quoi résidait cette différence notable et invisible, il était impossible de le dire. Elle ne pouvait être mise entièrement sur le compte de l'imagination, car ceux qui avaient passé du temps en ces lieux, sans rien savoir des faits qui lui étaient imputés, avaient formellement déclaré que certaines pièces se révélaient si désagréables qu'ils auraient préféré mourir plutôt que d'y remettre les pieds ; cependant qu'en ville, la succession d'innocents locataires qui avaient tenté d'y vivre et s'étaient vus contraints de plier précipitamment bagages faisait, en vérité, presque autant de bruit que le dernier scandale.

Lorsque Shorthouse vint passer le week-end chez sa tante Julia, dans sa petite maison du bord de mer située à l'autre bout de la ville, il la trouva débordante de mystère et d'enthousiasme. Il n'avait reçu son télégramme que le matin même et s'attendait déjà à s'ennuyer comme un rat mort, mais à l'instant précis où il lui toucha la main et embrassa sa joue de pomme ridée, il capta une première vague de son état de surexcitation. Cette sensation se renforça quand il apprit qu'il n'y aurait pas d'autres visiteurs, et qu'il avait été appelé dans un dessein bien particulier.

Quelque chose flottait dans l'air, et ce « quelque chose » allait indubitablement porter ses fruits, car cette vieille dame célibataire, qui s'était prise de passion pour les recherches psychiques, possédait autant de volonté que de matière grise, et quoi qu'il en coûte, parvenait généralement à ses fins. Elle le mit dans la confidence peu après l'heure du thé, lorsqu'arpentant tranquillement le front de mer sous les feux du couchant, elle se glissa tout près de lui.

— J'ai les clés, annonça-t-elle d'une voix ravie d'où perçait toutefois une pointe d'appréhension, je les ai jusqu'à lundi !

— Les clés de la cabine de bain ou bien...? hasarda-t-il innocemment, son regard passant de l'océan au lotissement. Rien ne s'avérait plus efficace que de jouer les ânes bâtés pour lui tirer promptement les vers du nez.

— Rien de tout cela, chuchota-t-elle, j'ai les clés de la maison hantée qui se trouve sur la place... et je m'y rends ce soir.

Shorthouse sentit un léger frisson lui glisser le long de l'échine. Il abandonna aussitôt son ton taquin. Quelque chose dans sa voix et ses manières le fit tressaillir. Elle parlait sérieusement.

— Mais tu ne peux tout de même pas y aller toute seule..., commença-t-il.

— C'est pourquoi je t'ai fait venir, déclara-t-elle sans se démonter.

Il se tourna vers elle afin de l'observer. L'enthousiasme animait son visage laid, ridé et énigmatique. La lueur d'une ferveur authentique l'encerclait tel un halo. Ses yeux brillaient. Le jeune homme encaissa une autre vague de son exaltation, suivie de près par un second frisson plus marqué que le premier.

— Merci, Tante Julia, répondit-il poliment, je t'en suis *affreusement* reconnaissant.

— Bien entendu, jamais je n'oserais m'y aventurer toute seule, continua-t-elle en haussant la voix, mais en ta compagnie je sens que je vais m'amuser comme une folle ! Tu ne crains ni dieu ni diable, je le sais bien.

— Merci *infiniment*, surenchérit-il. Hum... Est-ce qu'il risque de se passer quelque chose ?

— Il *s'est* déjà passé beaucoup de choses, murmura-t-elle, bien que la plupart aient été ingénieusement passées sous silence. Trois locataires s'y sont installés et sont repartis au cours de ces seuls derniers mois, et l'on dit la maison vide pour de bon à présent.

Shorthouse sentait sa curiosité s'éveiller bien malgré lui. Sa tante faisait preuve d'une telle gravité.

— Cette demeure est en effet très ancienne, poursuivit-elle, et l'histoire qui s'y est déroulée — une histoire des plus déplaisante — date d'il y a fort longtemps. Il s'agit d'un meurtre commis par un garçon d'écurie jaloux, qui à l'époque fricotait avec une servante de la maison. Une nuit, il parvint à se cacher à la cave. Lorsque tout le monde fut endormi, il grimpa jusqu'au quartier des domestiques, poursuivit la jeune fille jusqu'à l'étage du dessous, et avant que qui que ce soit ait pu venir à son secours, il la saisit à bras-le-corps et la jeta par-dessus la rampe dans le hall où elle vint s'écraser.

— Et le garçon d'écurie...?

— Fut pris, je crois, et pendu pour meurtre. Mais tout ceci s'est passé il y a un siècle, et je n'ai pas été en mesure d'obtenir plus de détails sur cette histoire.

Shorthouse sentait à présent son intérêt piqué au vif ; mais bien qu'il ne fût pas particulièrement inquiet pour lui-même, il se montrait quelque peu réticent vis-à-vis de sa tante.

— Je viens à une condition, fit-il enfin.

— Rien ne m'empêchera d'y aller, déclara-t-elle d'un ton buté, mais je t'écoute.

— Que tu me garantisses que tu sauras garder ton sang-froid si quelque chose de vraiment horrible se produit. Je veux dire... que tu es sûre de ne pas avoir trop peur.

— Jim, répliqua-t-elle avec hauteur, je sais que moi et mes pauvres nerfs ne sommes plus de toute première jeunesse, mais *avec toi* à mes côtés, rien au monde ne saurait m'atteindre !

Ce fut, bien entendu, l'argument décisif, car Shorthouse n'avait pas la prétention de se prendre pour autre chose qu'un jeune homme tout ce qu'il y a de plus ordinaire, et un tel appel à sa vanité s'avérait irrésistible. Il accepta donc d'accompagner sa tante.

Instinctivement, par une sorte de préparation mentale dictée par son seul subconscient, le jeune homme conserva tout au long de la soirée une parfaite maîtrise de lui-même et économisa ses forces, s'obligeant ainsi à s'octroyer une bonne réserve de sang-froid par ce processus intérieur et sans nom, qui consiste à évacuer graduellement toutes ses émotions et verrouiller fermement la porte derrière elles — un processus difficile à décrire, mais remarquablement efficace, comme le sait tout individu ayant traversé des épreuves éprouvantes pour l'esprit. Plus tard, cela se révélerait fort utile.

Mais ce ne fut qu'à dix heures trente, alors que debout dans l'entrée, ils s'apprêtaient à quitter l'éclat accueillant des lampes et le réconfort d'un environnement humain, que notre neveu éprouva le besoin de faire un premier appel à cette provision de force. Car lorsqu'une fois la porte refermée, il aperçut la rue silencieuse et déserte s'étendre devant eux, laiteuse sous le clair de lune, il se rendit compte que le véritable défi qui l'attendait cette nuit serait de faire preuve d'assez de courage pour deux. Il devrait surmonter les peurs de sa tante aussi bien que les siennes. Et, tandis qu'il baissait les yeux sur son visage de sphinx et réalisait combien il devait être déplaisant à contempler une fois déformé par une terreur authentique, il fut satisfait d'une seule chose : sa confiance en lui-même et en ses aptitudes à faire face à n'importe quel choc psychologique qui se présenterait.

Lentement, ils traversèrent les rues dépeuplées de la ville. Une brillante lune automnale recouvrait les toits d'un voile argenté, projetant des ombres profondes. Il n'y avait pas un souffle de vent, et les arbres dans les jardins à la française du front de mer les regardaient passer silencieusement. Aux remarques occasionnelles émises par sa tante, Shorthouse n'offrait aucune réponse, réalisant qu'elle s'érigeait simplement des barrières mentales — parlant de choses ordinaires afin de s'empêcher de penser à des choses extraordinaires. Peu de fenêtres étaient encore éclairées ; à peine une cheminée dégageait-elle de temps à autre fumée ou étincelles. Le jeune homme avait déjà commencé à prêter attention à tout ce qui l'entourait, même aux détails les plus infimes. Bientôt, ils s'arrêtèrent au coin de la rue et levèrent la tête afin de lire, à la faveur de la lune, le nom inscrit sur le pignon du bâtiment. Puis, d'un commun accord et sans qu'aucune parole n'ait été échangée, ils s'engagèrent sur la place en direction de son côté plongé dans les ténèbres.

— Le numéro de la maison est le treize, murmura une voix près de lui. Pourtant, aucun d'entre eux ne releva l'évidente allusion ; au lieu de cela, ils traversèrent le large rideau de lune et commencèrent à longer le trottoir en silence.

Ils se trouvaient environ à mi-chemin lorsque Shorthouse sentit soudain un bras se glisser furtivement sous le sien, et d'après ce geste lourd de sens, il comprit que les choses sérieuses avaient véritablement commencé, que son aïeule cédait déjà imperceptiblement aux influences qui se liguaient contre eux. Elle avait besoin d'être soutenue.

Quelques minutes plus tard, ils faisaient halte devant une grande bâtisse étroite qui se dressait devant eux sous le ciel nocturne, hideuse de forme et peinte d'un blanc terne. Des fenêtres dépourvues de volets et de rideaux les toisaient de toute leur hauteur, scintillant çà et là sous le clair de lune. Des traînées de pluie zébraient les murs et la peinture s'écaillait par endroits, le balcon saillant de façon peu naturelle du premier étage. Mais au-delà de ce triste aspect de maison abandonnée, rien à première vue ne la désignait comme l'endroit maléfique qu'elle était certainement devenue.

Jetant un coup d'œil par-dessus leur épaule afin de s'assurer qu'ils n'avaient pas été suivis, ils gravirent hardiment les marches du perron pour faire face à l'énorme porte noire qui leur interdisait l'entrée d'un air sinistre. Mais la première vague de nervosité de la soirée venait de s'abattre sur eux, et Shorthouse dut se battre longtemps avec la clé avant de parvenir à l'introduire maladroitement dans la serrure. L'espace d'un instant, si ce qui nous fut rapporté est vrai, ils espérèrent tous deux que le battant ne s'ouvrît pas, alors qu'ils demeuraient là, sur le seuil de leur aventure spectrale, ébranlés par maintes émotions déplaisantes. Le jeune homme, aux prises avec son passe et ralenti par le fardeau qui pesait constamment sur son bras, percevait à n'en point douter la solennité du moment. C'était comme si le monde entier tendait l'oreille afin d'écouter le grincement du mécanisme, tant la réalité lui paraissait alors réduite à sa seule perception des choses. Un souffle de vent vagabond qui errait dans la rue déserte vint momentanément réveiller derrière eux le murmure des feuilles dans les frondaisons ; mais outre cela, le raclement métallique se voulait l'unique bruit audible. Finalement, la clé tourna dans la serrure et la lourde porte s'ouvrit à la volée, dévoilant le gouffre béant plongé dans les ténèbres qui se trouvaient au-delà.

Après un dernier regard adressé à la place baignée par le clair de lune, ils se précipitèrent à l'intérieur et le battant claqua derrière eux dans un rugissement qui se répercuta prodigieusement à travers halls et couloirs. Mais au même instant, un autre éclat se mêla à l'écho, et Tante Julia s'appuya soudain si lourdement contre lui que Shorthouse dut reculer d'un pas pour ne pas s'écrouler.

Un homme venait de tousser tout près d'eux, si près qu'on aurait dit qu'ils se tenaient véritablement à ses côtés dans l'obscurité.

L'éventualité d'une mauvaise blague en tête, le jeune homme balança aussitôt sa lourde canne en direction de la voix, mais elle ne rencontra que le vide. Il entendit sa tante laisser échapper un hoquet de surprise.

— Il y a quelqu'un ici, chuchota-t-elle, je l'ai entendu.

— Mais tais-toi donc ! l'exhorta-t-il avec sévérité. C'était seulement la porte d'entrée.

— Oh ! fais-nous vite de la lumière ! ajouta-t-elle quand son neveu, triturant sa boîte d'allumettes, l'ouvrit du mauvais côté et laissa son contenu s'éparpiller en cliquetant sur les dalles de pierre.

Le toussotement, toutefois, ne se répéta point ; de même qu'aucun bruit de pas n'indiqua que quelqu'un eut pris la fuite. La minute suivante, ils avaient une chandelle d'allumée, le fond d'une boîte à cigares vide en guise de bougeoir. Une fois l'éclat de la flamme stabilisé, Shorthouse brandit la lampe improvisée afin d'examiner la scène. Elle était en toute conscience bien assez lugubre, attendu qu'aucune construction humaine ne dégage davantage de mélancolie qu'une maison dépouillée de ses meubles, pauvrement éclairée, silencieuse et abandonnée, et pourtant habitée par les murmures d'un passé marqué du sceau du mal et de la violence.

Ils se trouvaient alors dans un large vestibule ; à leur gauche, la porte d'une spacieuse salle à manger était restée ouverte, et face à eux, le hall filait en s'étranglant pour se transformer en un long et sombre corridor et terminer sa course en haut de ce qui semblait correspondre aux marches de la cuisine. Le grand escalier sans tapis de l'entrée s'élevait devant eux en décrivant une courbe plongée dans l'ombre, à l'exception d'un seul endroit à environ mi-hauteur du premier palier, où la lune filtrait à travers la fenêtre pour former un point lumineux sur les planches. Ce rayon de lumière diffusait un faible éclat autour de lui, prêtant aux objets à sa portée des contours vaporeux qui s'avéraient infiniment plus suggestifs et spectraux que l'obscurité totale. La lumière tamisée de la lune semble toujours peindre des visages sur les ténèbres environnantes, et, tandis que Shorthouse plongeait le regard dans ce puits de noirceur en songeant aux innombrables salles et couloirs vides des étages supérieurs de la vieille bâtisse, il se surprit à nouveau à regretter la sécurité de la place éclairée ou du salon confortable et lumineux qu'ils avaient quitté une heure plus tôt. Puis, réalisant que ces pensées étaient dangereuses, il les repoussa une fois de plus et invoqua tout son courage pour se concentrer sur l'instant présent.

— Tante Julia, nous devons maintenant retourner cette maison de la cave au grenier, proclama-t-il avec autorité.

L'écho de sa voix se perdit lentement aux quatre coins du bâtiment, et dans le silence absolu qui suivit, il se tourna vers elle pour l'examiner. À la lueur de la bougie, il remarqua que son visage avait déjà revêtu une pâleur mortelle ; pourtant, elle laissa momentanément tomber son bras pour lui faire face, lâchant dans un souffle :

— Je suis d'accord. Nous devons nous assurer que personne ne se cache ici. C'est la première chose à faire.

Elle faisait des efforts évidents pour s'exprimer, et il la gratifia d'un regard emprunt d'admiration.

— Tu es vraiment sûre de toi ? Tu sais, il n'est pas trop tard pour...

— Je crois, murmura-t-elle, son regard coulissant nerveusement vers les ombres derrière lui. Non, j'en suis sûre. Juste une chose...

— Laquelle ?

— Tu ne dois en aucun cas me laisser seule, ne serait-ce qu'un instant.

— Du moment que tu comprennes que le moindre bruit ou la moindre apparition doit être examiné sur-le-champ, car hésiter c'est admettre que l'on a peur. Ce qui est fatal.

— Très bien, acquiesça-t-elle d'une voix chevrotante, après un instant d'hésitation. J'essaierai...

Bras dessus, bras dessous, ils entamèrent une fouille systématique des lieux, Shorthouse tenant la chandelle et la canne pendant que sa tante portait leur cape sur ses épaules, figures hautement comiques aux yeux de tous sauf des leurs.

Marchant sur la pointe des pieds en prenant soin de couvrir la flamme de peur qu'elle ne trahisse leur présence à travers les fenêtres sans volets, ils commencèrent par la grande salle à manger. Il n'y avait pas l'ombre d'un meuble. Le long des murs à nu, de vilains manteaux de cheminées et leurs âtres vides les dévisageaient. Tout, ils le sentaient, leur reprochait leur intrusion, les observant des quatre coins de la pièce de leurs yeux cachés. Des murmures les accompagnaient ; des ombres voletaient à droite et à gauche ; quelque chose semblait perpétuellement dans leur dos, à surveiller et attendre le moment propice pour les blesser. Il y avait aussi cette inévitable impression que les actions qui se déroulaient dans la salle avant leur entrée avaient été temporairement suspendues jusqu'au départ des importuns. Le sombre intérieur du vieil édifice tout entier paraissait s'être transformé en une Présence maligne qui se soulevait contre eux, leur conseillant de cesser cette intrusion et de s'occuper de leurs affaires. Chaque instant voyait leur tension nerveuse s'amplifier.

Quittant cette sinistre salle à manger, ils passèrent une large porte pliante qui donnait sur une sorte de bibliothèque ou de fumoir, drapée elle aussi de silence, de ténèbres et de poussière. Ils regagnèrent ensuite le hall d'entrée et se présentèrent en haut des marches de l'escalier de service.

À cet endroit, un tunnel d'un noir absolu qui conduisait aux régions inférieures s'ouvrait devant eux, et — il faut bien l'avouer — ils hésitèrent. Mais pas plus d'une minute. Avec le pire de la nuit encore à venir, il était essentiel de ne se détourner de rien. Tante Julia trébucha sur la première marche de la sombre descente, pauvrement éclairée par la flamme vacillante de la bougie, et même Shorthouse sentit une bonne moitié de sa détermination prendre la fille de l'air.

— Viens ! appela-t-il, péremptoire, l'écho de sa voix résonnant avant de se perdre dans les obscurs espaces vides en contrebas.

— J'arrive, bafouilla-t-elle, agrippant son bras avec plus de violence que nécessaire.

Ils descendirent les degrés de pierre d'un pas chancelant, une bouffée d'air gelé et humide chargé d'une infecte odeur de renfermé venant à leur rencontre. La cuisine, située en bas de l'escalier au bout d'un exigu passage, était spacieuse et haute de plafond. De multiples portes y crevaient les murs, certaines donnant sur des placards dont les étagères se voyaient encore garnies de bocaux vides, d'autres sur d'horribles petits garde-mangers fantomatiques, chacun d'entre eux plus froid et moins engageant que le précédent. Des cafards sonnaient la débâcle sous leur pas, et à un moment donné, alors qu'ils venaient de buter contre une table de bois poussée dans un coin de la pièce, quelque chose de la taille d'un chat surgit de nulle part et détala en bondissant sur le sol de pierre pour disparaître dans la nuit. De chaque recoin émanait une sensation de récente occupation, une impression de tristesse et de mélancolie.

Laissant derrière eux la salle principale, ils passèrent à l'arrière-cuisine. La porte était entrebâillée mais lorsqu'ils la poussèrent pour l'ouvrir en grand, Tante Julia poussa soudain un cri suraigu, qu'elle tenta aussitôt de réprimer en plaçant une main sur sa bouche. L'espace d'une seconde, Shorthouse se trouva figé sur place, retenant son souffle. C'était comme si quelqu'un avait subitement vidé sa colonne vertébrale de sa moelle pour y verser des particules de glace.

Devant eux, postée directement sur leur chemin dans l'encadrement de la porte, se tenait une femme. Elle avait les cheveux ébouriffés et des yeux d'une fixité sauvage, son visage blanc comme la mort déformé par la terreur.

Elle demeura là, immobile, le temps d'un battement de paupières. Puis la flamme de la bougie se mit à danser et la silhouette s'évanouit — s'évanouit littéralement — ne laissant derrière elle que les ténèbres et le vide.

— 'Juste cette satanée bougie qui a la tremblote, prononça-t-il rapidement, d'une voix méconnaissable qu'il avait peine à maîtriser. Viens, Tante Julia. Il n'y a rien ici.

Sur ces mots, il la tira en avant. Dans un claquement de chaussures et un sursaut de hardiesse purement de façade, ils poursuivirent leurs recherches, mais Shorthouse sentait sa peau se hérisser sur son corps comme colonisée par une armée de fourmis, et devinait par le poids pesant sur son bras qu'il fournissait désormais une énergie motrice pour deux. L'arrière-cuisine s'avérait froide, dépouillée, et vide ; évoquant davantage une cellule qu'autre chose. Ils en firent néanmoins le tour, éprouvant la porte du jardin et les fenêtres, mais les trouvèrent toutes solidement verrouillées. Sa tante se mouvait à ses côtés telle une somnambule. Les yeux étroitement clos, elle paraissait se fier simplement à la pression de son bras sur le sien. Son courage l'emplissait de stupeur. En même temps, il avait remarqué qu'une curieuse transformation s'était opérée sur son visage, transformation qui, pour une raison ou pour une autre, échappait à ses facultés d'analyse.

— Il n'y a rien ici, Tantine, s'empressa-t-il de répéter d'une voix forte. Allons voir là-haut le reste de la maison. Ensuite, nous choisirons une chambre où nous installer pour veiller.

Elle le suivit sans discuter, demeurant tout près de lui tandis qu'il verrouillait derrière eux la porte de la cuisine. C'était un soulagement de remonter à nouveau à la surface. Il faisait plus clair qu'auparavant dans le hall d'entrée, car la lune avait entre-temps descendu quelques marches d'escalier. Avec mille précautions, ils entamèrent leur ascension à travers la sombre voûte de la partie supérieure de la maison, les planches de bois craquant sous leur poids.

Au premier étage, ils découvrirent un vaste salon divisé en deux, dont la fouille ne donna rien. Là encore, il n'y avait pas l'ombre d'un meuble ni le moindre signe d'une occupation récente ; rien que de la poussière, de la négligence et des ombres. Ils ouvrirent les grandes portes pliantes qui séparaient le salon de devant de celui de derrière, avant de sortir à nouveau sur le palier pour reprendre leur escalade.

Ils n'avaient pas gravi plus d'une douzaine de marches lorsqu'ils se figèrent simultanément pour écouter, échangeant un regard chargé d'une nouvelle appréhension à travers la flamme tremblotante de la bougie. De la pièce qu'ils avaient quittée à peine dix secondes plus tôt, leur parvenait un bruit de portes qui se referment doucement. Il n'y avait pas à s'y méprendre ; ils entendirent bientôt le choc retentissant qui accompagne la rencontre de deux lourds battants, suivi de l'enclenchement net du loquet.

— Il faut retourner voir, murmura laconiquement Shorthouse avant de tourner les talons pour redescendre les escaliers.

Tant bien que mal, Tante Julia parvint à se maintenir à son niveau, ses pieds se prenant dans sa robe, le visage livide.

Lorsqu'ils pénétrèrent dans le premier salon, il était clair que les portes pliantes avaient été refermées — trente secondes plus tôt. Sans hésiter, le jeune homme écarta les deux battants. Il s'attendait presque à trouver quelqu'un campé devant lui dans l'arrière-salon ; mais seuls la pénombre et le froid vinrent à sa rencontre. Ils firent le tour des deux pièces sans rien découvrir d'inhabituel. Ils tentèrent par tous les moyens de faire en sorte que les portes se refermassent toutes seules, malheureusement, les vents coulis n'étaient pas même suffisants pour faire frémir leur chandelle. Les portes ne bougeraient pas sans une forte poussée. Il régnait un silence sépulcral. Il fallait se rendre à l'évidence, les salles étaient totalement désertes, et la maison totalement calme.

— Ça commence, souffla une voix à son bras qu'il eut grand peine à reconnaître comme celle de son aïeule.

Il hocha la tête en signe d'assentiment et sortit sa montre pour regarder l'heure : elle indiquait minuit moins le quart. Puis, ayant déposé la boîte et sa bougie sur le sol en prenant soin de caler prudemment cette dernière contre le mur — ce qui lui demanda un instant ou deux, il nota sans rien omettre ce qui venait de se produire dans son calepin.

Tante Julia déclara invariablement qu'alors, elle ne regardait pas son neveu, mais avait tourné la tête en direction du salon du fond, où il lui semblait avoir entendu quelque chose remuer. Toutefois, tous deux s'accordèrent à dire qu'il y eut à ce moment là un bruit de pas pressés, lourds et terriblement rapides — et que l'instant d'après la bougie s'éteignit !

Seulement, Shorthouse de son côté en avait vécu davantage, et devait remercier toute sa vie sa bonne étoile d'avoir ainsi protégé sa tante d'une telle expérience. Comme il se redressait devant la bougie allumée, un visage avait soudain surgi si près du sien qu'il aurait pu le toucher du bout des lèvres. C'était un visage déformé par la colère ; un visage d'homme, sombre, avec des traits épais et des yeux sauvages brillant de fureur. Il appartenait à quelqu'un d'ordinaire, et sans doute reflétait-il le mal dans son expression la plus banale, mais il était animé d'une telle animosité que pour Shorthouse, cette figure humaine avait quelque chose de terriblement malfaisant.

Il n'y eut pas un souffle d'air, juste un bruit de pas précipités — déchaussés ou étouffés, l'apparition d'un visage, et l'extinction quasi simultanée de la chandelle.

Malgré lui, le jeune homme laissa échapper un petit cri et faillit tomber à la renverse quand, l'espace d'un instant d'une authentique et incontrôlable terreur, sa tante s'accrocha à lui de tout son poids. Elle n'émit aucun son, mais le saisit à bras-le-corps. Fort heureusement, elle n'avait rien vu — la course seule ayant capté son attention — car elle se reprit presque aussitôt, laissant son neveu libre de se dégager afin de craquer une allumette.

Les ombres s'enfuirent de tous côtés devant l'éclat aveuglant, et Tante Julia se baissa pour chercher à tâtons la boîte à cigares contenant leur précieuse bougie. Ils découvrirent alors que cette dernière n'avait pas du tout été *soufflée* ; elle avait été *écrasée*. La mèche se trouvait enfoncée dans la cire, elle-même aplatie comme sous l'effet d'un instrument lourd et lisse.

Comment sa compagne d'infortune était-elle parvenue à surmonter si rapidement sa terreur,

Shorthouse ne le comprit jamais totalement ; mais son admiration pour le sang-froid dont elle faisait preuve s'en trouva décuplée, en même temps qu'elle servit à alimenter sa propre flamme mourante — ce dont il lui fut indéniablement reconnaissant. Tout aussi inexplicable à ses yeux était cette démonstration de force physique à laquelle ils venaient d'assister. Il refoula séance tenante les histoires de « médiums à effet physique » qui se rappelaient à sa mémoire et des dangereux phénomènes qui en découlaient ; car si elles disaient vrai, et si lui-même ou sa tante s'avérait médium sans le savoir, cela voulait dire qu'ils étaient simplement en train d'aider à se concentrer les forces d'une maison hantée déjà remplie à ras bord. Autant marcher avec une lampe tempête ouverte au milieu de barils de poudre à canon.

Aussi, s'octroyant le moins de temps de réflexion possible, Shorthouse se contenta-t-il de rallumer la bougie et de poursuivre son ascension. Le bras sous le sien tremblait, il est vrai, et son propre pas trahit plus d'une fois son incertitude, mais ils progressèrent avec minutie, et après de vaines recherches ils enfilèrent la dernière volée de marches qui les conduisit bientôt au tout dernier étage.

Là, ils s'enfoncèrent dans un parfait nid de minuscules chambres de bonnes, jonchées de morceaux de meubles brisés, garnies de chaises en rotin d'une propreté douteuse, de commodes, de miroirs fêlés et de châlits décrépis. Chaque chambrette avait un plafond mansardé d'où pendaient ici et là des toiles d'araignées, de petites fenêtres, et des murs plâtrés à la hâte — en résumé, une région déprimante et lugubre qu'ils ne furent que trop heureux de laisser derrière eux.

Il était minuit sonnante lorsqu'ils pénétrèrent dans une pièce exigüe du troisième étage proche du haut des escaliers, où ils firent en sorte de se mettre à l'aise pour le reste de leur aventure. Elle présentait un dépouillement absolu, et l'on racontait que c'était en ces lieux — qui servaient à l'époque de dressing — que le palefrenier en furie avait pourchassé puis attrapé sa victime. Au dehors, de l'autre côté de l'étroit palier, s'élevaient les degrés conduisant à l'étage du dessus qui abritait le quartier des domestiques précédemment fouillé.

En dépit de la fraîcheur nocturne, quelque chose dans l'atmosphère de cette pièce hurlait que l'on ouvrît la fenêtre. Mais il y avait également autre chose. Shorthouse ne parvenait à le décrire qu'en affirmant qu'il se sentait ici moins maître de lui-même que dans le reste de la maison. Ce quelque chose agissait directement sur les nerfs, affaiblissait la résolution, épuisait la volonté. Moins de cinq minutes après avoir posé le pied dans l'ancien dressing, le jeune homme avait pris pleinement conscience de ce phénomène, et ce fut au cours de cette brève halte à cet endroit qu'il souffrit de l'épuisement systématique de ses forces vitales, ce qui, à ses yeux, constitua l'expérience la plus horrible de toute la soirée.

Ils posèrent la chandelle au fond du placard, prenant soin de laisser le battant entrebâillé de quelques centimètres, ceci afin d'éviter tout jeu de lumière qui aurait pu tromper leurs yeux, et tout jeu d'ombres sur le plafond et les cloisons. Ils étendirent ensuite la cape sur le sol, s'installèrent dessus dos au mur, et commencèrent leur veillée.

Le jeune homme se trouvait à moins d'un mètre de la porte donnant sur le palier ; sa position lui offrait ainsi une vue plongeante de l'escalier principal qui s'abîmait dans les ténèbres, et sur celui des domestiques qui menait à l'étage supérieur. La lourde canne était posée à côté de lui, à portée de main.

La lune à cette heure surplombait complètement la maison. À travers la fenêtre ouverte, ils apercevaient les étoiles réconfortantes, comme autant d'yeux amicaux veillant sur eux du haut des cieux. Une par une, les horloges sonnèrent minuit, et lorsque leurs voix moururent, le profond silence d'une nuit sans vent s'abattit à nouveau sur tout. Seul le grondement de la mer, lugubre et lointain, emplissait l'air de murmures factices.

À l'intérieur de l'édifice, ce silence devenait insupportable ; insupportable, songea Shorthouse, parce qu'à chaque minute qui s'écoulait, il pouvait être brisé par des échos annonciateurs d'épouvante. L'attente en elle-même mettait leurs nerfs à rude épreuve ; lorsqu'ils osaient parler, ils ne le faisaient qu'en chuchotant, car leurs voix hautes leur semblaient étranges et anormales. Un froid qui n'était pas totalement dû à l'air nocturne avait envahi la pièce, les faisant frissonner. Les influences qui agissaient contre eux, quelles qu'elles fussent, s'employaient à les déposséder lentement de leur assurance et de leur faculté d'entreprendre toute action décisive ; leurs forces étaient sur le déclin, et l'hypothèse de se voir submergés, lui et son aïeule, par une terreur authentique, prit une nouvelle et terrible signification. Il se mit à trembler pour la vieille dame assise à ses côtés, dont la force d'âme pouvait difficilement la sauver au-delà d'une certaine limite.

Le sang cognait dans ses tempes. Parfois, les pulsations devenaient assourdissantes au point qu'elles lui semblaient couvrir certains autres bruits qui avaient très faiblement commencé à se faire entendre des profondeurs de la maison. Chaque fois que Shorthouse concentrait son attention sur eux, ils cessaient sur-le-champ. Ils ne se rapprochaient certes pas. Pourtant, le jeune homme ne parvenait pas à se départir du sentiment que quelque chose se déplaçait quelque part dans les régions inférieures. L'étage accueillant le double salon, dont les portes avaient été si curieusement fermées, paraissait trop proche ; la source de l'écho s'avérait plus lointaine. Il songea ensuite à la spacieuse cuisine grouillante de cafards, ainsi qu'à sa sinistre petite arrière-salle ; mais, pour une raison ou pour une autre, cela n'avait pas l'air de venir de là-bas non plus... et de *dehors*, encore moins !

Puis, brutalement, la lumière se fit dans son esprit, et l'espace d'une minute, il eut l'impression que son sang s'était figé dans ses veines pour se transformer en glace.

Les bruits ne provenaient pas du tout d'en bas ; ils venaient *d'en haut* — là-haut, quelque part parmi ces horribles petites chambres de bonnes morbides, avec leurs débris de meubles, leurs plafonds bas et leurs fenêtres étroites — là-haut, où la victime avait été dérangée dans son sommeil et traquée jusqu'à la mort.

À l'instant même où il fit cette découverte, Shorthouse commença à percevoir les bruits plus distinctement. Quelqu'un marchait furtivement dans le couloir au-dessus de leur tête, passant d'une chambre à l'autre, contournant les meubles.

Il tourna la tête afin de jeter un regard furtif à la silhouette immobile assise à ses côtés, curieux de savoir si elle était parvenue aux mêmes conclusions. À la lueur de la bougie qui filtrait à travers l'entrebâillement de la porte de l'armoire, le visage fortement marqué de Tante Julia se découpait de façon saisissante sur le blanc du mur. Mais ce fut autre chose qui le fit retenir son souffle et l'observer à nouveau. Un extraordinaire je-ne-sais-quoi s'était emparé de son visage et semblait s'étendre sur ses traits comme un masque ; il lissait les lignes profondes et tirait la peau sur toute sa surface de sorte que les rides disparaissaient ; il donnait à son visage — à la seule exception de son vieux regard — une apparente, presque enfantine, jeunesse.

Il resta ainsi à la dévisager, saisi d'une stupéfaction muette — stupéfaction qui s'apparentait dangereusement à de l'horreur. Il s'agissait sans méprise possible du visage de sa tante, mais de celui d'il y a quarante ans, celui, innocent et rêveur, d'une jeune fille. Il s'était entendu raconter des histoires à propos de cet étrange phénomène engendré par la terreur, que l'on disait capable de vider une figure humaine de toute émotion, de toute expression ; mais jamais au grand jamais il n'aurait imaginé que c'était *littéralement* vrai, ou que cela signifiait quelque chose de si simplement horrible que ce qu'il avait sous les yeux. Car l'épouvantable signature d'une terreur dominatrice était inscrite en gros caractères sur l'absence totale d'expression de ce visage de fillette ; et lorsque, sentant l'intensité de son regard fixé sur elle, elle se tourna vers lui, il ferma instinctivement les paupières et les tint étroitement serrées afin de s'épargner cette vision.

Pourtant, quand un instant plus tard il la considéra à nouveau, tenant fermement la bride à ses émotions, il découvrit, à son immense soulagement, une toute autre expression ; sa tante lui souriait, et, en dépit de sa pâleur mortelle, l'affreux voile avait quitté son visage redevenu normal.

— Quelque chose ne va pas ? fut tout ce qu'il trouva à dire sur le moment. Et la réponse qui lui parvint se révéla éloquente, de la part d'une telle personne.

— J'ai froid... et un peu peur aussi, murmura-t-elle.

Il lui proposa d'aller fermer la fenêtre, mais elle le retint en le suppliant de ne jamais la laisser seule, ne fut-ce qu'un instant.

— Cela vient d'en haut, je le sais, chuchota-t-elle avec un drôle de petit rire, mais je ne peux vraiment pas y aller.

Cependant, Shorthouse pensait autrement, attendu que dans l'action résidait leur plus grand espoir de ne pas céder à la panique.

Il s'empara de la flasque de brandy et remplit un plein verre d'alcool pur, assez raide pour aider n'importe qui à supporter n'importe quoi. Elle le vida non sans un léger frisson. L'unique obsession du jeune homme était à présent de quitter cette maison avant que l'évanouissement de sa tante ne devînt inévitable ; néanmoins, une telle initiative ne pouvait être résolument conduite en tournant simplement les talons et fuyant l'ennemi. L'inaction n'était plus une option ; chaque minute qui s'écoulait voyait son sang-froid péricliter, et des mesures agressives, désespérées s'imposaient sans délai. En outre, la charge devait être dirigée *vers* leur adversaire, non s'en éloigner ;

l'instant critique, s'il s'avérerait nécessaire et inéluctable, se devrait d'être affronté la tête haute. Il s'en sentait capable sur l'instant ; mais dans dix minutes peut-être ne trouverait-il plus la force d'agir pour son propre bien, et encore moins pour celui de son aïeule.

Entre-temps, les bruits au-dessus de leurs têtes s'étaient faits plus distincts et plus proches, accompagnés à l'occasion du craquement du plancher. Quelqu'un se déplaçait furtivement et avec maladresse, trébuchant par moment contre le mobilier.

Patientant encore quelques instants, le temps de laisser la généreuse dose de spiritueux faire son effet, mais conscient que celui-ci serait de courte durée compte tenu des circonstances, Shorthouse finit par se relever silencieusement, et déclara d'une voix déterminée :

— À présent, Tante Julia, nous allons monter là-haut voir d'où provient tout ce raffut. Tu dois venir avec moi. C'est ce dont nous avions convenu.

Ce disant, il saisit sa canne et s'approcha du placard pour récupérer leur chandelle. Une silhouette avachie se redressa en tremblant près de lui, haletante, et il perçut une voix à peine audible lui signifier quelque chose à propos d'être « parée à partir ». Le courage de cette femme le laissait sans voix, elle en avait tellement plus que lui ; et, tandis qu'ils avançaient, brandissant bien haut la bougie ruisselante, la force subtile qui émanait de cette vieille dame au teint de cire à ses côtés devenait sa véritable source d'inspiration. Elle contenait quelque chose de vraiment formidable qui lui renvoyait une piètre image de lui-même, et lui offrait le soutien sans lequel il n'aurait été capable d'endurer la moitié de ce qu'ils avaient vécu aujourd'hui.

Ils traversèrent le palier plongé dans l'ombre, évitant du regard le profond trou noir qui s'ouvrait par-delà la rampe. Ils entamèrent alors l'ascension de l'étroit escalier afin d'aller à la rencontre des craquements qui, de minute en minute, se rapprochaient et gagnaient en intensité. Environ à mi-parcours, Tante Julia dérapa soudain sur une marche et Shorthouse se retourna pour la saisir par le bras, mais juste à cet instant, retentit un immense fracas émanant du couloir des domestiques. Il fut instantanément suivi par un hurlement strident, déchirant, où se mêlaient cri de terreur et appel à l'aide.

Avant qu'ils puissent s'effacer ou descendre une seule marche, quelqu'un déboucha du haut du corridor en trébuchant dangereusement, s'enfuyant à toute allure, dégringolant trois par trois les degrés qu'ils étaient eux-mêmes en train de gravir. Les foulées étaient légères, incertaines, mais juste derrière elles résonnait le galop d'un autre individu bien plus lourd qui ébranlait les escaliers.

À peine Shorthouse et sa tante eurent-ils le temps de s'aplatir contre le mur que la cavalcade fondit droit sur eux, et deux personnes, l'une talonnant l'autre, les dépassèrent à fond de train. C'était un parfait tourbillon sonore qui venait briser le silence nocturne de la maison vide.

Les deux coureurs, poursuivant et poursuivie, venaient tout juste de les traverser de part en part, que déjà le plancher de l'étage inférieur avait réceptionné l'un, puis l'autre, avec un bruit sourd. Pourtant, ils n'avaient absolument rien vu — ni main, ni bras, ni visage, ni même un lambeau de vêtement.

Un ange passa. Puis le premier, le plus léger des deux et manifestement la proie, s'engouffra d'un pas chaotique à l'intérieur de la petite pièce que Shorthouse et sa tante avaient quittée un peu plus tôt. L'autre l'imita aussitôt. Il y eut des bruits de lutte, des exclamations, des cris étouffés. Enfin, des pas résonnèrent à nouveau sur le palier — mais c'étaient ceux d'une seule et unique personne qui *marchait lourdement*.

Un silence de mort s'abattit sur les lieux pendant trente secondes, rompu bientôt par un bruissement d'étoffe. Il fut suivi de près par le choc sourd de quelque chose qui s'écrase dans les profondeurs de la maison, tout en bas — sur les dalles de pierre de l'entrée.

Un calme absolu régna alors. Plus rien ne bougeait. La flamme de la bougie était parfaitement immobile.

Elle l'était restée durant tout ce temps, nul mouvement n'ayant perturbé l'air ambiant. Saisie d'effroi, Tante Julia amorça sa descente à tâtons sans attendre son compagnon, sanglotant silencieusement ; et lorsque Shorthouse passa son bras autour d'elle en la soulevant à demi, il sentit qu'elle tremblait comme une feuille. Le jeune homme entra dans l'ancien dressing le temps de récupérer la cape étendue sur le sol, puis, bras dessus bras dessous, progressant à pas comptés sans dire un mot ni jeter un seul coup d'œil derrière eux, ils descendirent les trois volées de marches qui les séparaient du hall d'entrée.

Une fois sur les lieux, leur regard ne rencontra que le vide. Cependant, ils avaient eu conscience, tout au long du trajet, d'une présence qui les suivait dans les escaliers, pas à pas. Quand ils accéléraient, *ça* se laissait distancer, quand ils ralentissaient, *ça* les rattrapait. Mais pas une fois ils ne s'étaient retournés pour regarder, prenant soin de baisser les yeux à chaque virage de peur d'entrevoir l'horreur qui leur emboîtait le pas.

D'une main tremblante, Shorthouse ouvrit la porte et tous deux émergèrent sous le clair de lune, aspirant à pleins poumons la bise nocturne venue de l'océan.

Une Histoire d'Indiscrétion

Jim Shorthouse était le genre de gars qui n'avait pas son pareil pour semer le désordre autour de lui. Tout ce qui lui passait entre les mains ou lui traversait l'esprit s'en trouvait réduit à un inqualifiable et irrémédiable champ de ruines. Ses études universitaires furent une catastrophe : par deux fois, il se fit temporairement renvoyer. Sa scolarité, un cauchemar : à six ans, chaque année l'avait déjà confié à la suivante dans un état de calamité toujours plus grave et plus avancé. Son enfance s'apparenta à cette sorte de chaos que les cahiers d'écriture et les dictionnaires gratifient d'un « c » majuscule ; quant à sa petite enfance — argh ! ce fut un concerto de braillements, de hurlements et de cris.

À l'âge de quarante ans, toutefois, survint un changement dans sa vie tourmentée, lorsqu'il croisa la route d'une jeune fille riche d'un demi-million qui consentit à l'épouser, et qui parvint en un tour de main à transformer ses jours d'une anarchie homérique en quelque chose de proportionnellement ordonné et structuré.

Certaines péripéties du quotidien de Jim, ayant peu ou prou d'importance, n'auraient jamais dues être rapportées dans ces pages si, à force de tomber dans le pétrin et d'en sortir, il n'était parvenu à se nimber d'une aura composée de circonstances singulières et de faits étranges. Il entraînait dans son sillage les curieuses vicissitudes du destin aussi sûrement que la viande attire les mouches et la confiture les guêpes. C'est à la viande et à la confiture de sa vie, pour ainsi dire, qu'il doit ces expériences ; la suite de son existence ne fut que douceurs, tout juste bonnes à attirer les petits gourmands. Après son mariage, son séjour ici-bas perdit de son intérêt, hormis aux yeux d'une seule personne, et sa trajectoire abandonna l'imprévisibilité d'une comète pour adopter la constance du cycle solaire.

La première de ses mésaventures qu'il me relata démontra que, tapies au fond de son système nerveux dérangé, s'épanouissaient des perceptions psychiques d'un ordre peu commun. À vingt-deux ans environ — m'est avis après son deuxième renvoi — la bourse ainsi que la patience paternelles s'étant pareillement épuisées, Jim se vit un jour laissé en plan au beau milieu d'une vaste cité américaine. Laissé en plan ! Et les seuls habits dépourvus de trous dont il disposait mis sous bonne garde dans la penderie de son oncle.

Assis sur un banc dans l'un des parcs de la ville, d'intenses réflexions l'amenèrent bientôt à la conclusion que son unique planche de salut était de persuader l'éditeur d'un des quotidiens locaux que la nature l'avait gratifié d'un sens aigu de l'observation doublé d'une plume alerte, et qu'il pourrait « faire du bon travail pour votre journal, Monsieur, en tant que reporter ». Il s'exécuta sans plus attendre, en prenant soin de se poster dans un angle bien peu naturel entre l'éditeur et la fenêtre, afin de dissimuler les endroits les plus critiques de ses vêtements.

— Nous allons devoir vous mettre une semaine à l'essai, l'informa son interlocuteur qui, toujours en quête de bons tuyaux, embauchait ainsi par troupeaux entiers de journaleux pour ne conserver en moyenne qu'une seule tête. Quoi qu'il en soit, cela fournit à Jim Shorthouse de quoi raccommoder ses guenilles et soulager la garde-robe de son oncle de leur fardeau.

Vint ensuite le moment de s'enquérir d'un endroit où se loger, et ce fut sur ces entrefaites que ses dons uniques précédemment évoqués — ce que les théosophes nommeraient son karma — commencèrent sans conteste à s'affirmer, car la triste histoire qui va suivre se déroula précisément dans la maison sur laquelle il finit par arrêter son choix.

Il n'y a pas de « chambres meublées » dans les villes américaines. Les seules alternatives qui subsistent aux gagne-petits s'avèrent plutôt sinistres — une chambre dans une pension de famille où les repas sont servis, ou une chambre dans une maison de rapport où aucun repas n'est servi — pas même le petit-déjeuner. Les riches habitent dans des palaces, bien entendu, mais Jim n'avait rien à faire avec « ces gens-là ». Son horizon se bornait aux pensions de famille et aux maisons de rapport ; aussi, cédant devant l'irrégularité nécessaire de ses repas et de ses horaires, opta-t-il pour la seconde.

Il échoua dans une rue transversale devant une large bâtisse d'aspect maussade, aux fenêtres crasseuses et dont la porte en fer grinçait sur ses gonds. Mais les chambres se révélèrent spacieuses, et celle, payable d'avance, sur laquelle le jeune homme jeta son dévolu se trouvait au dernier étage. La propriétaire des lieux paraissait aussi morne et poussiéreuse que sa maison, et tout aussi âgée. Elle avait les yeux d'un vert délavé, plantés au milieu d'un large visage.

— Bieeen, conclut-elle de sa voix traînante et nasillarde, lourde d'un horripilant accent de l'Ouest. Voilà la chambre. Si elle vous plaît, c'est le prix que je vous ai dit. Si vous la voulez, ben, vous n'avez qu'à l'faire savoir, et si vous n'en voulez pas, bah, ça fait rien.

Jim mourait d'envie de la secouer, mais les nuages de poussière longuement accumulés sur ses vêtements l'en dissuadèrent. Comme le prix et la taille de la pièce lui convenaient, il décida de la prendre.

— Quelqu'un d'autre à cet étage ? s'enquit-il.

Elle lui décocha un regard bizarre de ses yeux pâles avant de répondre.

— Aucun de mes pensionnaires ne m'a jamais posé une telle question, déclara-t-elle, mais j'imagine que vous êtes différent. Dame, il n'y a personne d'autre à part un vieux gentleman qui vit ici depuis cinq ans. Il est là-bas, indiqua-t-elle en désignant le fond du couloir.

— Ah ! je vois, dit Shorthouse d'une voix mourante. Donc, je suis tout seul ici ?

— P'têt' ben qu'oui ! nasilla-t-elle. Sur ces mots, elle mit brutalement fin à la conversation en tournant le dos à son nouveau « pensionnaire », descendant délibérément les escaliers à petits pas.

Son travail à la gazette retenait Shorthouse à l'extérieur la plus grande partie de la nuit. Trois fois au cours de la semaine, il rentra à une heure du matin, et trois autres fois à trois heures. Sa chambre s'avérant plutôt confortable, il décida de prolonger le bail d'une semaine. Ses horaires décalés l'avaient jusque-là empêché de croiser les autres locataires de la résidence, et pas un son ne lui parvenait du côté du « vieux gentleman ». La maison semblait extrêmement tranquille.

Une nuit, vers le milieu de la deuxième semaine, le jeune homme regagna son logis rompu de fatigue après une longue journée de labeur. La lampe qui, d'ordinaire, brûlait jusqu'au matin dans le vestibule s'étant éteinte d'elle-même, il se vit contraint de gravir les escaliers en trébuchant dans le noir, faisant en chemin un boucan de tous les diables sans pour autant recevoir de protestations de ses voisins. La maison toute entière se trouvait plongée dans un silence absolu ; tout le monde dormait probablement à poings fermés. Aucune lumière ne filtrait sous les portes. Tout n'était que ténèbres. L'aiguille de l'horloge indiquait alors deux heures passées.

Après avoir dépouillé plusieurs lettres arrivées d'Angleterre au cours de la journée et feuilleté les pages d'un livre durant quelques minutes, il commença à avoir sommeil et se prépara à se mettre au lit. À l'instant même où il s'apprêtait à se glisser sous les draps, il se figea un instant et tendit l'oreille. Là-bas dans la nuit, quelque part en contrebas, s'élevaient des bruits de pas. Écoutant attentivement, il se rendit compte que ces derniers provenaient d'une personne en train de monter — une foulée qui pesait son petit poids, que son propriétaire ne se donnait nulle peine d'étouffer. Il gravissait les degrés, boum, boum, boum — il s'agissait de toute évidence d'un homme corpulent, et quelque peu pressé.

Aussitôt, des pensées en rapport plus ou moins direct avec le feu et la police se bousculèrent dans le cerveau de Jim, mais comme aucun éclat de voix n'accompagnait cette cavalcade, il se fit au même moment la réflexion que cela ne pouvait être que le vieux gentleman qui, rentré sur le tard, tentait de rejoindre l'étage à l'aveuglette en se cognant partout. Il était sur le point d'éteindre la lampe et de grimper dans son lit, lorsque la maison retrouva soudain son calme initial : les claquements de chaussures venaient de s'arrêter brusquement, et ce, juste devant chez lui.

La main sur l'arrivée du gaz, Shorthouse suspendit un instant son geste afin de s'assurer que ces derniers poursuivraient bien leur route, quand des coups retentissants assénés à sa porte le firent tressaillir. Immédiatement, comme répondant à un instinct curieux et inexpliqué, il coupa la lumière, se plongeant dans l'obscurité totale, et avec lui la pièce toute entière.

À peine avait-il fait un pas pour aller ouvrir qu'une voix provenant de l'autre côté du mur, si proche qu'elle semblait lui parler à l'oreille, s'exclama en allemand :

— Est-ce vous, Père ? Entrez-donc.

L'homme qui s'exprimait ainsi se trouvait dans la pièce d'à côté. En fin de compte, ce n'était pas à l'huis de son appartement que l'on avait frappé, mais à celui de la chambre attenante, qu'il s'était imaginé vacante.

L'individu dans le couloir eut tout juste le temps de répondre dans la même langue « Laisse-moi entrer sur-le-champ ! » que Jim entendit quelqu'un traverser la salle et faire jouer la serrure. Le vantail fut claqué sans ménagement, puis il y eut des bruits de semelles arpentant la pièce et le chaos de chaises que l'on approchait d'une table en les cognant contre le reste du mobilier. Ces locataires ne semblaient nullement se soucier du bien être de leurs voisins, car ils faisaient un vacarme à réveiller un mort.

— Ça m'apprendra à prendre une chambre dans un terrier pareil ! se morigéna Jim dans le noir. Je me demande à qui elle a bien pu louer cette chambre !

Les deux pièces, la logeuse lui avait-elle confié, n'en formaient qu'une seule à l'origine. Elle avait fait ériger une fine cloison — une simple rangée de planches — dans la perspective d'augmenter ses revenus. Leurs portes étaient adjacentes et seulement séparées par une poutre massive qui leur servait de montant. Ainsi, lorsqu'on ouvrait ou fermait l'une, l'autre tremblait invariablement sur ses gonds.

Totalement indifférents au confort des autres dormeurs de la maison, les deux allemands s'étaient entre-temps mis à parler simultanément et à pleins poumons. Ils s'exprimaient avec véhémence, avec colère même. Les mots « Père » et « Otto » revenaient régulièrement. Shorthouse comprenait l'allemand, mais, après une minute ou deux d'une indiscrétion coupable bien qu'involontaire, il était bien en peine de dégager un sens de cet entretien sans queue ni tête. Aucun des protagonistes ne se serait effacé devant l'autre, ce qui rendait cet amalgame de sons gutturaux et de phrases inachevées parfaitement incompréhensible. Puis, d'un seul coup, la conversation s'étiola. Il y eut un moment de flottement, avant qu'une voix caverneuse, probablement celle du « père », retentisse avec la plus grande clarté :

— Veux-tu dire, Otto, que tu refuses de le lui prendre ?

Jim entendit quelqu'un s'agiter sur son siège avant de répondre :

— Je veux simplement dire que je ne sais pas comment y parvenir. Vous en demandez tellement, Père. C'est trop. Une partie...

— Une partie ! tonna l'autre en poussant un juron de colère, une partie, quand la ruine et la disgrâce pèsent déjà sur notre maison, est plus qu'inutile. Si tu peux obtenir la moitié, tu peux obtenir le tout, bougre d'imbécile ! Au diable les demi-mesures !

— Mais, vous m'aviez dit la dernière fois..., commença son interlocuteur d'un ton ferme, mais il ne fut pas autorisé à achever sa phrase. Elle finit noyée sous un flot d'invectives en provenance du père, qui poursuivit, sa voix vibrant de fureur :

— Tu sais qu'elle ne te refusera rien. Vous n'êtes mariés que depuis quelques mois. Si tu lui demandes en lui fournissant une raison plausible, tu peux obtenir d'elle tout ce que nous souhaitons, et plus encore. Tu peux lui demander un prêt. Tout lui sera remboursé. Cela remettra à flot l'entreprise, et elle ne saura jamais à quelles fins il a été utilisé. Avec une telle somme, Otto, je peux éponger toutes ces terribles pertes, et en moins d'un an, tout sera remboursé. Mais sans cela... Tu dois l'obtenir, Otto. M'entends-tu, tu le dois. Veux-tu me voir arrêté pour détournement de fonds ? Veux-tu voir notre honorable nom souillé et maudit ? Le vieil homme s'étranglait de colère et balbutiait de désespoir.

Grelottant dans l'obscurité, Shorthouse demeurait malgré lui l'oreille aux aguets. Il s'était laissé emporter par la conversation, et pour une raison qu'il ignorait, craignait à présent que ses voisins ne s'en aperçoivent. À cet instant, il réalisa pourtant qu'il en avait trop entendu et qu'il était de son devoir de les informer qu'il pouvait saisir le moindre de leurs propos. Alors, il se mit à tousser bruyamment tout en remuant la poignée de la porte. Ce fut peine perdue, à en juger par les voix qui continuaient à s'égosiller à qui mieux mieux, le fils s'insurgeant et la colère du père s'intensifiant de minute en minute. Jim simula une nouvelle et interminable quinte de toux, avant de traverser les ténèbres pour aller théâtralement s'écrouler contre la cloison. Ce faisant, il provoqua un beau vacarme et sentit les fines planches céder aisément sous son poids. Mais de l'autre côté, la dispute suivait son cours comme si de rien n'était, plus violente que jamais. Se pouvait-il vraiment qu'ils n'aient rien entendu ?!

À cette heure, Jim était davantage préoccupé par son droit au repos que par la moralité de surprendre les scandales d'ordre privé de ses voisins, aussi s'aventura-t-il dans le couloir pour aller toquer brièvement à leur porte. Comme par magie, l'esclandre cessa aussitôt. Aucune lumière ne glissait sous le vantail, tandis qu'à l'intérieur, on n'entendait pas un murmure. Il frappa à nouveau, mais ne reçut aucune réponse.

— Messieurs, articula-t-il enfin, approchant ses lèvres du trou de la serrure et empruntant la langue de Goethe, s'il vous plaît, ne parlez pas si fort. Je peux entendre tout ce que vous dites de la chambre d'à côté. Et puis, il est très tard, et j'aimerais bien dormir.

Il s'interrompit pour écouter, en vain. Il tourna la poignée et s'aperçut que la pièce était fermée à clé. Aucun son ne venait perturber la quiétude nocturne, à l'exception du sifflement léger du vent contre la lucarne faîtière et du craquement d'une planche, ici où là, quelque part dans les entrailles de la maison. L'air gelé du point du jour qui rampait le long du couloir le fit frissonner. La tranquillité de cette demeure commençait à le mettre mal à l'aise. Il jeta un coup d'œil par-dessus son épaule et promena son regard autour de lui, espérant et craignant à la fois que quelque chose ne vînt briser le silence.

Les clameurs de la dispute semblaient encore résonner à ses oreilles ; pourtant, ce mutisme brutal lorsqu'il avait frappé à la porte l'affectait infiniment plus que les voix en elles-mêmes, et induisait dans son cerveau d'étranges pensées — des pensées qu'il n'appréciait pas plus qu'il n'approuvait.

S'écartant subrepticement du vantail, il alla sonder de l'autre côté de la rampe les abîmes en contrebas.

Ils lui faisaient l'effet d'un insondable caveau qui aurait pu abriter parmi ses ombres des choses qui n'annonçaient rien de bon. Il ne lui était pas difficile de s'imaginer percevoir un mouvement de va-et-vient sous ses pieds. N'était-ce pas une silhouette assise sur les marches, qui lui lançait des regards obliques de ses yeux hideux ? N'entendait-il pas des chuchotements et des pas traînants là-bas, dans les antichambres plongées dans l'obscurité et sur les paliers abandonnés ? S'agissait-il d'autre chose que des rumeurs inarticulées de la nuit ?

Le vent au-dehors s'emporta subitement, chantant une complainte par-delà la lucarne, et la porte derrière lui émit un grincement qui le fit tressaillir. Comme il pivotait sur ses talons pour réintégrer son logis, un courant d'air lui ferma lentement la porte au nez, comme si quelqu'un exerçait une pression de l'autre côté. Lorsqu'il la poussa pour rentrer, cent formes vagues parurent regagner précipitamment cachettes et encoignures à pas feutrés. Mais dans la pièce contiguë, les bruits avaient totalement cessé, et Shorthouse se mit au lit sans plus attendre, laissant la maison et ses occupants, éveillés ou endormis, le soin de se débrouiller tout seuls, tandis qu'il pénétrait dans le royaume des songes et du silence.

Le lendemain, fort du bon sens qu'apporte la lumière du jour, il décida d'aller se plaindre de ses voisins tapageurs à sa logeuse, et de l'envoyer fissa les sommer de baisser la voix à des heures aussi indues. Mais elle demeura invisible ce jour-là, et quand il s'en revint du bureau à minuit il était, bien entendu, trop tard.

Avisant l'interstice entre le plancher et leur porte alors qu'il montait se coucher, il remarqua qu'il n'y avait pas de lumière chez les Allemands, et en conclut qu'ils n'étaient pas chez eux. Tant mieux. Le jeune homme alla dormir à une heure du matin, parfaitement résolu à ce que, si ces derniers rentraient tard et perturbaient à nouveau son sommeil avec leur horrible remue-ménage, il n'aurait de cesse qu'il n'ait tiré du lit sa propriétaire et envoyé la mégère les tancer de cet accent autoritaire, où chaque mot claquait comme un coup de fouet métallique.

Toutefois, des mesures aussi drastiques se révélèrent inutiles, car Shorthouse dormit comme un bébé toute la nuit, et ses rêves — principalement composés de champs de blé et de troupeaux de moutons sur les terres lointaines de la ferme paternelle — furent autorisés à poursuivre leur course fantasque sans interruption.

Hélas, deux soirées plus tard, quand il rentra chez lui après une journée difficile qui l'avait laissé sur les genoux, trempé jusqu'aux os et ballotté par l'une des plus épouvantables tempêtes qu'il eut connues, ses songes — toujours de prés et d'ovidés — ne furent pas destinés à conserver leur quiétude.

Le jeune homme avait déjà commencé à glisser dans les bras de Morphée, baignant dans cette délicieuse sensation que l'on éprouve après avoir ôté des vêtements mouillés et s'être aussitôt blotti sous de chaudes couvertures, lorsque sa conscience, laquelle flottait alors au-dessus des régions frontalières entre le sommeil et l'éveil, se vit vaguement troublée par un bruit qui s'élevait indistinctement des profondeurs de la maison et qui, entre les bourrasques et les rafales de pluie, parvenait à ses oreilles accompagné d'un sentiment de malaise et d'inconfort. Cet écho résonnait dans la nuit avec un semblant de régularité, faiblissant sous les rugissements du vent pour à nouveau s'affirmer dans le lointain, au cours des brefs et profonds répits de la tempête.

Durant plusieurs minutes, les rêves de Jim furent colorés — seulement teintés, dirons-nous — par ce sentiment de peur émergeant d'un endroit indéfini et se rapprochant insensiblement de lui. Au début, sa conscience s'opposa à se voir ainsi tirée de cette région enchanteresse où elle se plaisait à vagabonder, aussi ne s'éveilla-t-il pas sur-le-champ. Néanmoins, la nature de ses songes se mit à prendre une tournure désagréable. Il vit soudain les moutons se regrouper en courant et se blottir les uns contre les autres, comme effrayés par la proximité d'un ennemi, tandis que les champs de blé ondulant commençaient à s'agiter comme si quelque monstre se déplaçait grossièrement parmi les tiges serrées. Le ciel s'assombrit, et un grondement affreux retentit de quelque part entre les nuages. Il s'agissait en réalité des vibrations en bas des escaliers qui se faisaient plus distinctes.

Mal à l'aise, Shorthouse se retourna sur sa couche en émettant ce qui ressemblait à un gémissement de détresse. La minute suivante, il était réveillé et assis dans son lit, droit comme un i — à tendre l'oreille. Était-ce un cauchemar ? Avait-il été la proie d'un mauvais rêve, pour avoir ainsi la chair de poule et les cheveux dressés sur la tête ?

La pièce baignait dans le silence et l'obscurité, bien qu'au dehors, la tourmente poussât des hurlements lugubres en projetant la pluie contre les vitres qui tremblaient sous ces assauts répétés. Comme ce serait bon, pensa-t-il en un éclair, si tous les vents du monde, le vent d'ouest en tête, pouvaient se coucher en même temps que le soleil ! Ils engendraient des sons si abominables de nuit, semblables aux lamentations de voix furieuses. Leur résonance paraît si différente lorsqu'il fait plein jour. Si seulement...

Écoutez ! Il ne s'agissait pas du tout d'un rêve, en fin de compte, car les craquements gagnaient momentanément en intensité, et leur *source* était en train de monter les escaliers. Il se surprit à spéculer sur la nature de cette dernière, mais l'écho était encore trop confus pour lui permettre de parvenir à une conclusion définitive.

Le timbre d'une cloche annonçant deux heures se fit entendre, dominant les mugissements de la tempête. C'était à peu près l'heure à laquelle les Allemands avaient commencé leur numéro trois nuits plus tôt. Shorthouse décida que s'ils récidivaient aujourd'hui, il ne le supporterait pas bien longtemps. Pourtant, il était déjà horriblement conscient de la difficulté qu'il aurait à s'extirper de sa couche. Les draps contre son dos étaient si chauds, si réconfortants. Les bruits, s'approchant toujours à un rythme régulier, s'étaient depuis détachés de la clameur confuse des éléments et regroupés en claquements de semelles d'une ou plusieurs personnes.

— *Les Allemands, qu'ils aillent se faire pendre !* fulmina Jim à part lui. *Mais qu'est-ce qui ne va pas chez moi ? Je ne me suis jamais senti aussi bizarre de toute ma vie.*

Le jeune homme tremblait de la tête aux pieds, transi de froid comme au sein d'un environnement polaire. Pour autant, son système nerveux demeurait assez stable, et il ne ressentait nulle altération physique de son courage. Mais il avait conscience d'un curieux sentiment de malaise mêlé d'inquiétude, un malaise tel que même les plus vigoureux des hommes en ont ressenti sous la première emprise de quelque horrible et funeste maladie. Comme le grincement des marches se rapprochait, cette impression s'amplifia. Il sentit une étrange lassitude le gagner, une sorte d'épuisement accompagné d'un engourdissement grandissant des extrémités, et d'une langueur rêveuse dans la tête, comme si, peut-être, sa conscience était en train de se retirer de son siège ordinaire dans son cerveau et se préparait à agir sur un autre plan. Pourtant, aussi bizarre que cela pût paraître, alors que sa vitalité désertait lentement son corps, ses sens lui semblaient gagner en acuité.

Les pas ayant entre-temps déjà atteint le palier, Shorthouse, toujours assis le dos raide dans son lit, perçut l'effleurement d'un corps lourd contre sa porte, suivi presque immédiatement par la rencontre retentissante des jointures d'une main avec le battant de la chambre d'à côté.

Instantanément, en dépit du fait qu'aucun son n'avait jusqu'à présent filtré de l'intérieur, il discerna à travers la fine cloison le raclement d'une chaise puis le trot d'une personne s'empressant d'aller ouvrir.

— Ah ! c'est vous, entendit-il prononcer la voix du fils. Mais alors, cela voulait-il dire que durant tout ce temps, il était demeuré assis là-dedans, à attendre en silence l'arrivée de son paternel ? Aux yeux de Shorthouse, cette idée n'avait absolument rien de réjouissant.

Cette salutation douteuse ne reçut nulle réponse ; au lieu de cela, la porte fut rapidement fermée. Il y eut ensuite un choc évoquant un sac ou un paquet jeté sur une table en bois et glissant le long de sa surface.

— Qu'est-ce que c'est ? demanda le fils, dont la voix trahissait l'anxiété.

— Tu le sauras peut-être avant que je m'en aille, répondit l'autre d'un ton bourru. En fait, il était plus que bourru : il suintait une colère à peine contenue.

Shorthouse ressentait un profond désir d'interrompre la conversion avant qu'elle ne se prolongeât davantage, mais d'une façon ou d'une autre, sa volonté ne s'avérait pas à la hauteur de la tâche, et il se vit incapable de sortir de son lit. L'entretien suivit donc son cours, chaque intonation et modulation se découpant distinctement sur le grondement de la tempête.

Le plus âgé baissa la voix avant de poursuivre. Jim ne parvint pas à saisir la première partie de la phrase, qui s'acheva par ces mots :

— ... mais à présent ils sont tous partis, et je suis parvenu à te rejoindre. Tu sais ce qui m'amène ici. Son ton se fit clairement menaçant.

— En effet, répliqua l'autre. Je vous attendais.

— Et l'argent ? s'enquit son géniteur avec impatience.

Pas de réponse.

— Parle, Otto ! Que m'as-tu apporté ? Parle, mon fils ; pour l'amour de Dieu, dis-le-moi !

Il y eut un moment de flottement, au cours duquel les intonations vibrantes du vieil homme semblèrent se répercuter contre les murs des deux pièces. Puis vint, dans un murmure, la réponse fatidique...

— Je n'ai rien.

— Otto ! s'écria le père avec colère, rien !

— Je ne peux rien vous obtenir.

Cet aveu avait été prononcé presque dans un souffle.

— Tu mens ! vociféra son interlocuteur d'une voix à demi-étouffée. Je suis sûr que tu mens ! Donne-moi cet argent !

On entendit une chaise racler le sol. De toute évidence, les deux hommes s'étaient assis à table, et l'un d'eux venait de se lever. Shorthouse perçut le glissement du sac ou du paquet à travers le plateau, suivi d'une succession de pas comme si l'un des protagonistes se rendait à la porte.

— Père, qu'y a-t-il là-dedans ? Il faut que je le sache ! insista Otto, l'accent d'une détermination naissante dans la voix. À cet instant, il dut y avoir tentative de la part du fils de s'emparer par la force du colis en question, et de la part du père de le retenir de son coté, car il finit par s'effondrer sur le sol entre les deux. Un curieux cliquetis succéda son impact avec le parquet, suivi aussitôt par les échos d'une bagarre. Pour la possession de la boîte, les deux hommes en étaient venus aux mains, l'aîné poussant force jurons et blasphèmes, l'autre émettant de courts halètements qui témoignaient de l'intensité de ses efforts. Le combat fut de courte durée et le gagnant de toute évidence le plus jeune, à en juger par l'exclamation de colère que poussa ce dernier une minute plus tard.

— Je le savais. Ses bijoux ! Sale fripouille, jamais tu ne les auras ! C'est un crime !

Le vieillard répondit par un rire sec et guttural qui glaça le sang de Jim en plus de lui donner la chair de poule. Pas un mot ne fut échangé, dix secondes s'égrenèrent dans un silence palpable. Puis l'air vibra sous l'effet d'un son mat, accompagné d'un gémissement et du fracas d'un corps lourd s'écroulant sur la table. À peine l'indiscret jeune homme eut-il le temps de cligner des paupières que les pas chancelants d'un des deux adversaires résonnèrent sur le plancher, jusqu'à la cloison contre laquelle il s'écroula finalement de tout son poids. Le lit trembla un instant sous le choc, toutefois le sortilège impie qui emprisonnait jusqu'alors son âme venant d'être levé, Jim Shorthouse sauta à bas de son lit et fut d'un seul bon à l'autre bout de la pièce. Il avait la certitude qu'un odieux crime venait d'être commis — l'assassinat d'un fils par son propre père.

Les doigts tremblants mais la détermination chevillée au corps, il alluma la lampe à gaz. La première chose qu'il vit corroborait avec horreur le témoignage de son ouïe, car la partie inférieure de la séparation saillait anormalement dans sa propre chambre. Le papier peint tape-à-l'œil dont elle se trouvait recouverte s'était déchiré sous la tension et les planches mises à nue se penchaient vers l'intérieur dans sa direction. Quel abominable fardeau pouvaient-elles supporter ainsi, il frémissait rien que d'y penser.

Tout ceci, il le perçut en moins d'une seconde. Depuis l'écroulement final contre le mur, aucun son n'avait filtré de l'autre côté, pas même un gémissement ou des bruits de pas. Tout était calme en dehors du mugissement du vent, qui à ses oreilles sonnait comme un horrible triomphe.

Shorthouse était en train de quitter les lieux afin de tirer du lit toute la maisonnée et envoyer chercher la police — en fait, sa main se trouvait déjà sur la poignée de la porte — lorsqu'un détail à l'intérieur de l'appartement attira son attention. Du coin de l'œil, il avait cru voir quelque chose bouger. Il en aurait mis sa tête à couper. Son regard obliquant dans cette direction, il découvrit bientôt qu'il ne s'était pas trompé.

Quelque chose sur le sol rampait lentement vers lui, quelque chose de sombre et sinueux venant de l'endroit où saillait la cloison. Au comble de l'épouvante et du dégoût, il se pencha pour l'examiner de plus près, avant de remarquer que cela provenait de l'autre côté du mur. Cette vision le subjugua, tant et si bien que sur l'instant, il se retrouva incapable de bouger. Lentement, silencieusement, formant des zigzags tel un gros ver, cela s'avançait dans la pièce sous ses yeux épouvantés, jusqu'à ce qu'enfin il n'y tienne plus et tende le bras pour la toucher. Mais au moment même où sa main entrait en contact avec la chose, il la retira aussitôt en étouffant un hurlement. C'était visqueux...

et chaud ! Il vit alors que ses doigts étaient tachés de pourpre.

Une seconde plus tard, Jim se tenait dans le couloir, prêt à faire irruption dans la chambre d'à côté. Elle était fermée à clé. Ni une, ni deux, il se jeta sur le vantail de tout son poids, et le verrou capitulant sous cet assaut, il s'effondra tête la première dans une pièce où régnait une obscurité totale et un froid mordant. L'instant d'après le vit à nouveau sur ses jambes à tenter de percer les ténèbres. Pas un bruit, pas un mouvement. Pas même la sensation d'une présence à proximité. Elle était vide, désespérément vide !

Sur le mur opposé, il pouvait discerner les contours d'une fenêtre ruisselante de pluie ainsi que les lumières diffuses de la ville au loin. L'endroit cependant s'avérait vide, effroyablement vide ; et tellement silencieux. Il demeura ainsi figé sur place, transi de froid, le regard fixe, grelottant, écoutant. Tout à coup, des bruits de pas se firent entendre derrière lui et un éclat lumineux vint balayer les lieux, mais lorsque le jeune homme pivota rapidement sur ses talons, les bras levés comme pour parer un coup prodigieux, il se retrouva nez à nez avec sa logeuse. Immédiatement, le jour commença à se faire dans son esprit.

Trois heures du matin allaient bientôt sonner et il était planté là, pieds nus et en pyjama à rayures, au beau milieu d'une chambre exiguë, laquelle sous l'éclairage miséricordieux lui apparut totalement dépouillée, dépourvue de tapis, sans l'ombre d'un meuble, pas même d'un rideau. Il restait dévisager sa désagréable propriétaire qui en faisait de même de son côté, le considérant en silence, le corps enveloppé dans un peignoir noir, le crâne presque chauve, le visage blanc comme de la craie, abritant la flamme vacillante d'une chandelle d'une main décharnée et le scrutant par-dessus cette dernière de ses yeux verts entre deux battements de paupières. Elle était proprement hideuse.

— Eh Bieeen ? lança-t-elle enfin, vous en faites un boucan. Laissez-moi deviner. On a du mal à trouver l'sommeil ! Ou on rôde juste un petit peu... Je me trompe ?

La chambre vide, l'absence de toute trace de la tragédie qui venait de se jouer, le silence, l'heure indue, son pyjama à rayures et ses pieds nus — tous ces détails combinés le privèrent momentanément de l'usage de la parole. Il se contentait de la fixer, le regard perdu, sans dire un mot.

— Alooors ? grinça l'horrible voix.

— Ma chère madame, parvint-il enfin à articuler, il s'est passé quelque chose d'affreux...

Jusque-là le désespoir l'avait poussé à réagir, mais cela n'alla pas plus loin. Il butait véritablement sur le substantif.

— Oh ! il n'y a rien eu du tout, le rassura-t-elle sans le quitter des yeux. M'est avis que vous avez juste vu et entendu la même chose que les autres. Je n'arrive jamais à conserver du monde à cet étage bien longtemps. La plupart d'entre eux saisissent tôt ou tard — c'est-à-dire, ceux qui sont assez sensibles et vifs d'esprit. Étant donné que vous êtes anglais, je me suis dit que ça ne vous dérangerait pas. Rien n'arrive vraiment, c'est seulement dans votre tête.

Shorthouse était hors de lui. Il se sentait prêt à la soulever pour la balancer par-dessus la rampe de l'escalier, avec sa chandelle et tout le reste.

— Voyez-moi ça, répliqua-t-il en pointant à quelques centimètres de ses prunelles clignotantes les doigts qui avaient trempé dans la flaque de sang ; regardez ça, ma bonne dame. Est-ce que c'est juste mon imagination ?

Durant une minute, elle demeura les yeux rivés sur sa main, comme si elle ne comprenait pas ce qu'il voulait dire.

— Je crois bien, conclut-elle au bout d'un moment.

Suivant son regard, il découvrit avec stupéfaction que ses doigts étaient aussi blancs que de coutume, sans la moindre trace des affreuses taches qui avaient été là dix minutes plus tôt. Aucun résidu de sang. Rester les fixer suffisamment longtemps ne parviendrait pas à les faire revenir. Mais alors, avait-il perdu la raison ? Était-ce possible que ses yeux et ses oreilles lui eussent joué un tel tour ? Ses sens l'avaient-ils trompé en déformant la réalité ? À cette idée il se précipita dans le couloir, dépassa sa logeuse à fond de train et gagna sa propre chambre en quelques enjambées. Ouf ! la cloison n'était plus bombée, ni le papier peint déchiré. Plus de trace non plus de la chose rampant sur le vieux tapis décoloré.

— Tout est fini à présent, déclara la voix traînante et métallique derrière lui. Je retourne au lit.

Faisant volte-face, il vit la propriétaire redescendre lentement les escaliers, abritant toujours d'une main sa bougie et lui jetant de temps en temps un regard scrutateur tandis qu'elle s'éloignait. Quelle noire, quelle malsaine, quelle répugnante créature, songea-t-il comme elle disparaissait dans les ténèbres en contrebas, la dernière lueur vacillante de sa chandelle projetant une ombre étrange au plafond et le long des murs.

Sans un instant d'hésitation, Shorthouse se jeta dans ses vêtements et sortit de la maison. Il préférait encore affronter la tempête plutôt que les horreurs de ce dernier étage, aussi erra-t-il à travers les rues jusqu'au petit matin. Le soir venu, il alla signifier à sa logeuse qu'il viderait les lieux le lendemain, en dépit de l'assurance de cette dernière qu'il ne se passerait plus rien.

— Ça ne revient jamais, insista-t-elle, enfin, pas après qu'il se soit fait tuer.

Le jeune homme laissa échapper un cri de surprise.

— Vous m'en avez sacrément donné pour mon argent, grogna-t-il.

— Ben quoi, protesta-t-elle, c'est pas comme si j'organisais des séances, je ne suis pas médium. Vous avez eu de la chance. Certains dormiront sur leurs deux oreilles sans jamais rien entendre. D'autres, comme vous, sont différents et entendent tout.

— Qui est le vieux gentleman ? Il les entend, lui ? demanda Jim.

— Il n'y a pas de vieux gentleman, déclara-t-elle, imperturbable. Je vous ai seulement dit ça pour que vous vous sentiez rassuré au cas où vous entendriez quelque chose. Vous étiez tout seul à l'étage.

» Maintenant dites voir un peu, poursuivit-elle après une interruption au cours de laquelle Shorthouse ne trouva rien à répondre en dehors de propos impubliables ; racontez-moi, est-ce que vous sentiez une sorte de froid vous envahir durant le spectacle, comme si vous étiez fatigué et tout faiblard, je veux dire, comme si vous étiez sur le point de passer l'arme à gauche ?

— Qu'est-ce que vous voulez que je vous dise ?! rugit-il, à bout de patience, ce que je ressentais Dieu seul le sait !

— Ouaais, fit-elle, mais Il ne vendra pas la mèche. Si je vous posais cette question, c'est juste parce que le dernier bonhomme à avoir séjourné dans cette chambre a été retrouvé un matin dans son lit...

— Dans son lit ?

— Mort. C'était votre prédécesseur. Oh ! pas besoin de vous mettre dans cet état. Vous êtes sain et sauf. Mais c'est vraiment arrivé, à ce qu'il paraît. Cette maison était une résidence privée il y a vingt-cinq ans, une famille allemande du nom de Steinhardt vivait ici. Ils possédaient une grosse affaire dans Wall Street, et figuraient « en haut du tableau ».

— Ah ! fit son interlocuteur.

— Comme je vous le dis, tout en haut, jusqu'à ce qu'un beau jour l'affaire capote et que le vieux se fasse la malle avec le pognon...

— Se fasse la malle avec le pognon ?

— Oui Môsieur ! opina-t-elle, envolé avec tout le magot, et son fils retrouvé mort dans sa maison. Suicidé qu'on a alors pensé. N'empêche, il y en a eu pour raconter qu'il lui aurait été impossible de se poignarder tout seul et tomber dans la position dans laquelle on l'a trouvé. Z'ont dit qu'il avait été assassiné. Le père a cassé sa pipe en prison. On a bien tenté de lui coller le meurtre sur le dos, mais il n'y avait aucun mobile, aucune preuve, ni quoi que ce soit d'autre. C'est loin tout ça, j'ai oublié maintenant.

— Vraiment charmant, commenta Shorthouse.

— Tenez, je vais vous montrer quelque chose de rudement bizarre, l'invita-t-elle, si vous voulez bien monter une minute. Les bruits de pas et les éclats de voix, je les ai entendus à de nombreuses reprises, mais ça n'a pas pour autant suffi à me faire déguerpir. C'est comme entendre aboyer des chiens. Vous trouverez toute l'histoire dans les journaux de l'époque, en cherchant bien — pas ce qui se passe ici, ça non, mais l'affaire des Allemands. Ma maison serait ruinée si c'était le cas, et je serais poursuivie en justice en dommages et intérêts.

Arrivée à la porte de la chambre, la logeuse entra et releva le côté du tapis où, la nuit précédente, Jim avait vu couler le sang.

— Jetez donc un œil là-dessus, si le cœur vous en dit, lui lança la vieille toupie. Se baissant pour regarder, le jeune homme distingua alors une tache sombre et terne imprégnant les lattes du parquet, dont la forme et l'emplacement correspondaient en tout point à sa sanguinolente vision.

Cette nuit-là, Jim Shorthouse dormit à l'hôtel avant de partir le lendemain en quête d'un nouveau logement. Parmi les archives de sa rédaction, il mit la main, après de longues recherches, sur des journaux vieux de vingt ans qui relataient en détails et dans une version assez fidèle à celle de la commère, l'histoire de la faillite de Steinhardt & co., la fuite de l'aîné des associés suivie de son arrestation, ainsi que le suicide, ou meurtre, de son fils Otto. La maison de rapport de la logeuse avait bel et bien été jadis leur résidence privée.

Les Étranges Aventures d'un Secrétaire Particulier à New York

Chapitre 1

Je n'ai jamais vraiment compris comment Jim Shorthouse s'était débrouillé pour décrocher son poste de secrétaire particulier. Toujours est-il qu'une fois la place acquise, il la conserva, ce qui lui permit de mener une vie stable durant quelques années et de mettre de l'argent de côté.

Un beau matin, son employeur le convoqua dans son bureau, et ses sens longuement aiguisés lui firent aussitôt comprendre qu'il flottait dans l'air un je-ne-sais-quoi d'inhabituel.

— Monsieur Shorthouse, commença son patron quelque peu nerveusement, l'occasion ne m'a encore jamais été donnée de déterminer si vous étiez quelqu'un de courageux.

La respiration de l'intéressé s'altéra, mais il ne pipa mot. Il commençait à s'habituer aux excentricités de son chef. Il était du Kent et Sidebotham avait été « élevé » à Chicago ; tous deux habitaient à présent New York.

— Mais, continua l'autre, tirant au passage une bouffée de son cigare *oscuro*, je devrai à l'avenir me considérer comme un bien piètre juge de la nature humaine s'il ne s'agit pas là d'une de vos qualités premières.

Le secrétaire particulier exécuta une drôle de révérence en humble remerciement d'un compliment si douteux. M. Jonas B. Sidebotham le scruta du regard, ainsi que le disent les écrivains, avant de poursuivre ses observations.

— Je ne doute pas que vous soyez un type qui en a dans le ventre et..., là-dessus il hésita, et se mit à tirer sur son cigare comme si sa vie dépendait de le garder allumé.

— Je ne pense pas avoir peur de quoi que ce soit en particulier, Monsieur... hormis des femmes, intervint le jeune homme, sentant qu'il était temps pour lui de lancer une remarque quelconque, mais demeurant dans le noir total quant aux intentions de son patron.

— Humph ! grogna ce dernier. Eh bien, il n'y a pas de femme dans l'affaire qui nous préoccupe, autant que je le sache. Mais il y a peut-être d'autres choses qui... qui font plus de mal.

— *Le bonhomme a un service un peu spécial à me demander, ça saute aux yeux*, se dit le secrétaire *in petto*. Des violences physiques à redouter ? s'enquit-il tout haut.

— Possible (*pouf*), en fait (*pouf, pouf*), probable.

Shorthouse flaira illico une augmentation de salaire. Elle eut sur lui un effet stimulant.

— J'ai déjà vécu ce genre d'expérience par le passé, Monsieur, dit-il brièvement, mais je suis prêt à me charger de n'importe quoi dans la mesure du raisonnable.

— Je ne saurais vous dire quelle peut être la part de raison et de déraison dans ce cas en particulier. Cela dépend.

M. Sidebotham se leva, verrouilla la porte de son bureau et abaissa les stores des deux fenêtres. Il tira ensuite de sa poche un trousseau de clés et ouvrit une boîte en fer noire, puis se mit à fureter parmi des papiers blancs et azurés pendant quelques secondes, s'enveloppant ce faisant d'un nuage de fumée de tabac bleutée.

— Je me sens déjà dans la peau d'un détective ! gloussa le secrétaire.

— Parlez moins fort, s'il vous plaît ! lui intima son employeur en lançant des regards autour de lui. Nous devons observer la plus grande discrétion. Peut-être seriez-vous assez aimable pour aller fermer les registres, poursuivit-il toujours à voix basse. Des conversations ont déjà été trahies par des registres ouverts avant aujourd'hui.

Shorthouse commençait à se prendre au jeu. Traversant la pièce sur la pointe des pieds, il referma les deux grilles de métal encastrées dans le mur qui, dans les bâtiments américains, dispensent de l'air chaud et sont appelées « registres ». M. Sidebotham avait entre-temps mis la main sur le document qu'il cherchait. Il le tint en face de lui et le tapota une ou deux fois du dos de la main droite, comme s'il s'agissait d'une lettre de théâtre et lui l'antagoniste du mélodrame.

— Ceci est une lettre de Joel Garvey, mon ancien associé, déclara-t-il enfin. Vous m'avez entendu parler de lui.

L'autre opina du chef. Il savait que de nombreuses années auparavant, Garvey & Sidebotham jouissaient d'un grand renom dans le monde de la finance de Chicago. Il était également au courant que l'incroyable rapidité avec laquelle ils avaient amassé leur fortune ne s'était vue surpassée que par la vitesse ahurissante à laquelle ils avaient ensuite disparu de la surface du globe. De plus, on l'avait informé — sa situation offrant quelques avantages — que chacun des deux associés se trouvait toujours, dans une certaine mesure, sous la coupe de l'autre, et que chaque partie appelait de tous ses vœux que l'autre passât l'arme à gauche.

Cependant, il ne se sentait nullement concerné par les péchés de jeunesse de son patron. Outre son caractère excentrique, c'était un homme bon et juste, et Shorthouse, vivant à New York, n'avait pas spécialement cherché à découvrir les sources d'où était tiré avec tant de ponctualité son salaire. Par ailleurs, les deux hommes avaient appris à s'apprécier mutuellement, et il régnait entre eux un authentique sentiment de confiance mêlé de respect.

— J'espère qu'il s'agit d'une agréable correspondance, Monsieur, se hasarda-t-il en baissant la voix.

— Plutôt le contraire, répliqua son interlocuteur, triturant nerveusement le feuillet debout devant la cheminée.

— Une lettre de chantage, je présume.

— Précisément.

Le cigare de M. Sidebotham ne se consumait pas correctement ; craquant une allumette, il appliqua la flamme sur le bord irrégulier, et bientôt sa voix lui parvint à travers des tourbillons de fumée.

— J'ai en ma possession des papiers de grande valeur portant sa signature. Je ne peux vous divulguer la nature de leur contenu, mais ils sont extrêmement précieux *à mes yeux*. En vérité, ils appartiennent autant à Garvey qu'à moi. Seulement, c'est *moi* qui les ai...

— Je vois.

— Garvey m'écrit qu'il veut que l'on retire sa signature — qu'il veut la couper de sa propre main. Il invoque des raisons qui m'inclinent à étudier sa requête...

— Et vous attendez de moi que j'aille lui remettre les documents et que je supervise l'opération.

— Et aussi que vous les rapportiez avec vous, chuchota-t-il, plissant les yeux d'un air malicieux.

— Et que je les rapporte avec moi, répéta le secrétaire. Je comprends parfaitement.

Pour en avoir fait la regrettable expérience, Shorthouse connaissait, et pas qu'un peu, les affres du chantage. La pression que Garvey exerçait sur son vieil ennemi devait être infiniment forte. C'était clair comme de l'eau de roche. D'un autre côté, la mission qui lui était confiée avait, de par sa nature, quelque chose de chimérique. Ayant plus d'une fois « goûté » aux bizarreries de son employeur, il se demandait à présent si ces dernières ne s'aventuraient pas parfois... au-delà du bizarre.

— Je ne peux vous lire cette lettre, expliqua M. Sidebotham, mais je vais la remettre entre vos mains. Elle prouvera que vous êtes bien mon... euh... représentant accrédité. Je vous demanderai aussi de ne pas prendre connaissance du contenu de cette liasse de papiers. Il va de soi que vous trouverez la signature en question tout en bas de la dernière page.

Un silence de plusieurs minutes s'installa entre eux durant lequel le bout du cigare rougeoya de façon éloquente.

— Les circonstances m'y obligent, reprit-il enfin, presque dans un murmure, autrement jamais je n'aurais agi de la sorte. Mais vous comprenez, j'en suis sûr, que la chose est une ruse. Découper cette signature n'est qu'un simple prétexte. De la poudre aux yeux. *Non, ce que veut vraiment Garvey, c'est mettre la main sur les documents.*

La confiance qu'il accordait à son secrétaire particulier n'était pas mal placée. Shorthouse s'avérait aussi fidèle à M. Sidebotham qu'un mari devrait l'être envers sa tendre épouse.

La mission en elle-même semblait d'une simplicité enfantine. Garvey vivait comme un ermite, dans un coin reculé de Long Island. Jim devait lui remettre les papiers, superviser le découpage de la signature, et demeurer particulièrement sur ses gardes contre toute tentative, par la force ou par la ruse, de s'emparer des documents. Il la voyait comme une aventure un brin ridicule, mais il ne connaissait pas toute l'histoire et peut-être n'était-il pas le mieux placé pour juger.

Les deux hommes s'entretinrent à voix basse pendant encore une heure, après quoi M. Sidebotham releva les stores, ouvrit les registres et déverrouilla la porte.

Shorthouse se leva pour prendre congé, les poches bourrées de papiers et la tête d'instructions. Arrivé devant la porte, cependant, il hésita et fit volte-face.

— Eh bien ? s'enquit son patron.

Le secrétaire le regarda droit dans les yeux sans dire un mot.

— Les violences physiques, je suppose ? avança l'autre. Jim hocha la tête.

— Voilà vingt ans que je n'ai pas revu Garvey, avoua-t-il. Tout ce que je peux vous dire, c'est que je le soupçonne de perdre par moments la raison. J'ai entendu de drôles de rumeurs à son sujet. Il vit seul, et dans ses instants de lucidité étudie la chimie. Cela a toujours été un de ses passe-temps favoris. Quant aux risques qu'il s'en prenne à vous, ils sont de vingt contre un. Je voulais simplement vous mettre en garde — au cas où — je veux dire, pour que vous demeuriez sur le qui-vive.

Sur ces paroles, il remit un revolver Smith & Wesson à son employé, qui le glissa dans la poche arrière de son pantalon avant de prendre congé.

Une pluie battante et gelée se déversait sur les champs recouverts de neige à moitié fondue lorsque Shorthouse se retrouva, en fin d'après-midi, sur le quai de la petite gare isolée de Long Island, à regarder disparaître dans le lointain le train dont il venait juste de descendre.

C'était une bien triste contrée que Joel Garvey, esquire, jadis citoyen de Chicago, avait choisi comme lieu de résidence ; tout particulièrement cet après-midi-là où elle revêtait une apparence plus lugubre encore que d'ordinaire. Les plaines d'un blanc sale s'étiraient de toutes parts jusqu'à ce que le ciel s'écroule à leur rencontre. De rares corps de fermes venaient seuls briser la monotonie du paysage tandis que la route principale serpentait le long de sentiers boueux, surplombée par des arbres ruisselants surgis d'un brouillard froid et humide qui, tel le drap mortuaire d'un naufragé, émanait de l'océan.

Il y avait près de dix kilomètres entre la gare et la maison de Garvey, et le conducteur du petit boquet[1] branlant que Shorthouse avait trouvé à la sortie du quai n'était pas du genre communicatif. Coincé entre ce cadre maussade et ce cocher encore plus déprimant, il se replongea bientôt dans ses pensées qui, n'eut été le parfum d'aventure qu'on lui avait promis, auraient sombré dans une mélancolie qui aurait damé le pion à ces deux-là. Il décida qu'il n'accorderait pas plus de temps que nécessaire à cette affaire. Sitôt la signature découpée, il plierait bagage et mettrait les voiles. Le dernier train pour Brooklyn partait à sept heures quinze ; son chauffeur ayant

---

[1] Boquet : voiture hippomobile à deux roues.

catégoriquement refusé de l'attendre, il serait contraint, pour le chemin du retour, de parcourir à pieds dix kilomètres de neige et de boue.

Par mesure de sécurité, Shorthouse se flattait d'avoir élaboré un stratagème plutôt ingénieux. Il avait en effet confectionné un second dossier d'apparence extérieure identique au premier. L'inscription, l'enveloppe bleue, la bande élastique rouge, et même une tache dans le coin en bas à gauche avaient été fidèlement reproduits. À l'intérieur, évidemment, il n'y avait que des feuilles de papier vierges. Son intention était d'échanger les paquets et de faire en sorte que Garvey le voie glisser le faux dans sa mallette. En cas d'échauffourée, cette dernière serait le point d'attaque, aussi se proposait-il de la verrouiller et de jeter la clé. Avant que l'on parvienne à forcer la serrure et que l'on découvre la supercherie, il se passerait du temps qu'il mettrait à profit pour prendre la poudre d'escampette avec les documents authentiques.

Il était cinq heures quand le silencieux Jéhu fit halte devant un portail à demi effondré et désigna de son fouet une maison qui se dressait parmi les arbres, tout juste visible dans l'obscurité qui s'agglutinait tout autour. Le secrétaire lui demanda de pousser jusqu'à la porte d'entrée, mais le bonhomme lui adressa une fin de non-recevoir.

— J'courrai pas c'risque, lança-t-il, j'ai une famille, moi.

Remarque sibylline peu encourageante, que Jim ne prit toutefois pas la peine de méditer. Payant son écot au cocher, il poussa la vieille porte bancale qui se balançait sur un seul gond, et entreprit de remonter la sombre allée qui s'étirait entre les arbres plantés en rangs d'oignons. Le bâtiment dans son entier s'offrit bientôt à sa vue. D'une taille imposante et de forme carrée, il avait de toute évidence un jour été blanc, mais à présent les murs étaient rongés par la lèpre et laissaient paraître de larges traînées jaunâtres là où le plâtre s'était décollé. Les fenêtres plongeaient leur regard noir et inflexible dans la nuit. Ivraies et herbes folles avaient envahi le jardin, se dressant en vilaines touffes de sous leur fardeau de neige fondue. Un silence absolu régnait sur les lieux. Il n'y avait pas un signe de vie. Pas même l'aboiement d'un chien. Seul résonnait encore dans le lointain le cahot de plus en plus ténu des roues de l'attelage qui s'éloignait.

Alors qu'il se tenait là sur le porche entre des piliers de bois pourris, écoutant la pluie dégouliner du toit pour venir s'écraser dans les flaques, il fut soudain pris d'un sentiment de complet abandon et de solitude tel qu'il n'en avait jamais encore ressenti. L'aspect menaçant de l'édifice avait d'entrée eu pour effet de lui plomber le moral. Cet endroit aurait aussi bien pu être le lieu de résidence de monstres ou de démons issus d'un conte de fées, créatures qui ne daignaient mettre le nez dehors que sous le couvert des ténèbres. Il tâtonna à la recherche de la poignée du carillon ou du heurtoir, et ne trouvant ni l'un ni l'autre, leva sa canne et se mit à tambouriner vigoureusement sur la porte. Le vacarme engendré se perdit d'écho en écho dans un espace vide de l'autre côté, et le vent, comme surpris par son audace, passa en gémissant devant lui pour s'enfuir entre les piliers. Mais nul bruit de pas ne fit mine de s'approcher et personne ne se présenta pour lui ouvrir. Il frappa à nouveau, plus fort et plus longtemps que la première fois ; et, ceci fait, patienta en tournant le dos à la maison, fixant du regard les ombres qui se rassemblaient rapidement par-delà le jardin négligé.

Ce fut alors que, faisant soudain volte-face, il s'aperçut que la porte était entrouverte. On l'avait discrètement entrebâillée et une paire d'yeux était en ce moment même en train de le scruter par l'espace dégagé. Il n'y avait aucune lumière dans le vestibule, aussi parvenait-il tout juste à distinguer les vagues contours d'un visage humain.

— M. Garvey vit-il ici ? demanda-t-il d'une voix ferme.

— Qui êtes-vous ? lui répondit celle d'un homme.

— Je suis le secrétaire particulier de M. Sidebotham. Je désire voir M. Garvey à propos d'une affaire importante.

— Êtes-vous attendu ?

— Je suppose que oui, fit-il avec agacement, tendant une carte par l'ouverture. Veuillez lui rapporter mon nom sur-le-champ, je vous prie, et dites-lui que je viens de la part de M. Sidebotham à propos du sujet évoqué par M. Garvey dans sa lettre.

L'homme prit la carte de visite, et le visage s'évanouit dans les ténèbres, laissant Shorthouse planté dans le froid sur le porche, en proie à des sentiments confus où l'impatience le disputait à la consternation. La porte, il ne le remarquait que maintenant, se trouvait entravée par une chaîne et ne pouvait s'ouvrir plus de quelques centimètres. Toutefois, c'était la manière dont il avait été reçu qui faisait qu'à présent des pensées chargées d'inquiétude se bousculaient dans sa tête — pensées qui continuèrent leurs circonvolutions durant quelques minutes encore, jusqu'à ce qu'elles fussent interrompues par des bruits de pas qui s'avançaient dans l'entrée à la lueur d'une chandelle.

L'instant d'après, la chaîne tomba dans un bruit de ferraille et, saisissant fermement sa mallette, il s'engouffra dans un large hall à l'odeur fétide dont il ne pouvait qu'entrevoir le plafond. Il n'y avait pour toute source lumineuse que la flamme vacillante de la bougie que le bonhomme tenait à la main, aussi ce fut à la faveur de son instable lueur que Shorthouse se pencha pour étudier la physionomie de son cicérone. Il découvrit un homme de petite taille âgé d'une cinquantaine d'années, aux yeux brillants qui se bornaient à fuir les siens, avec une barbe noire bouclée et un nez qui attestait sur-le-champ de ses origines juives. Il avait les épaules voûtées et, comme il le regardait remettre la sécurité, le jeune homme s'aperçut qu'il portait une curieuse robe noire semblable à une soutane de prêtre qui lui arrivait jusqu'aux pieds. C'était un personnage tout à fait sinistre, lugubre voire funèbre, pourtant il semblait en parfaite harmonie avec le style général du décor. Le vestibule s'avérait dépourvu de tout type de meuble ; et contre les murs crasseux, étaient disposées des rangées de vieux cadres, vides et démantibulés, morceaux de boiseries d'aspect bizarre qui paraissaient doublement fantastiques à la lumière tremblotante de la chandelle qui entraînait dans une étrange danse leurs ombres sur le plancher.

— Si vous voulez bien me suivre, M. Garvey va vous recevoir immédiatement, dit le Juif d'un ton bourru, traversant la pièce en protégeant la flamme d'une main squelettique. Pas une seule fois son regard ne s'aventura au-dessus du gilet de son visiteur, et aux yeux de ce dernier, il évoquait pour une raison ou pour une autre davantage une figure d'outre-tombe qu'un homme fait de chair et de sang. Le hall sentait résolument mauvais.

D'autant plus surprenante fut la scène qui s'offrit à lui lorsque son guide, ouvrant la porte opposée, l'introduisit dans une salle brillamment illuminée, éclairée par des lustres et meublée avec un degré de raffinement et de confort qui confinait au luxe. Les murs se voyaient tapissés de livres joliment reliés, cependant qu'au centre de la pièce, étaient disposés des fauteuils autour d'un large bureau en bois d'acajou. Un feu vif brûlait dans l'âtre, et des photographies d'hommes et de femmes soigneusement encadrées étaient placées sur le manteau de la cheminée de part et d'autre d'une horloge richement ciselée. Des portes-fenêtres se trouvaient en partie dissimulées par des rideaux d'un rouge chaud, tandis que sur un buffet adossé au mur attendaient verres et carafes, accompagnés de diverses boîtes de cigares empilées les unes sur les autres. Une agréable odeur de tabac flottait dans la pièce. En vérité, elle offrait un contraste si frappant avec le dénuement glacial du hall d'entrée que Shorthouse sentait déjà une hausse significative de son thermomètre spirituel.

À cet instant, il se retourna et vit le Juif dans l'encadrement de la porte les yeux fixés sur lui, quelque part aux environs du bouton du milieu de son gilet. Il affichait un aspect singulièrement repoussant qui, curieusement, ne pouvait être mis sur le compte d'un détail en particulier, et dans sa tête, le secrétaire l'associait à un oiseau de proie noir et monstrueux plus qu'à autre chose.

— Mon temps est compté, déclara-t-il sèchement, j'espère que M. Garvey ne me fera pas attendre.

Un étrange rictus apparut sur l'affreux visage du majordome pour disparaître aussitôt. Pour toute réponse, il le gratifia d'une sorte de révérence en guise d'excuse, puis soufflant la bougie, sortit en fermant silencieusement la porte derrière lui.

Shorthouse se retrouva seul ; il en fut soulagé. Il émanait de ce vieux Juif une insolence obséquieuse qui lui était très déplaisante. Il eut dès lors tout le loisir d'étudier son environnement. On l'avait de toute évidence introduit dans la bibliothèque, car les murs étaient couverts de livres presque du sol au plafond, sans laisser aucune place pour le moindre tableau. Seuls les dos brillants des volumes finement reliés le toisaient du haut de leurs rayonnages. Quatre éclatants luminaires pendaient des solives cependant qu'une lampe de lecture au réflecteur lustré trônait sur le bureau parmi un fouillis de papiers.

Cette dernière n'était pas allumée, mais lorsque Shorthouse posa la main sur le métal, il découvrit qu'elle était *chaude*. On venait tout juste de quitter cette pièce, cela ne faisait pas l'ombre d'un doute.

Néanmoins, sans avoir besoin du témoignage de la lampe, il avait déjà senti, sans pouvoir en donner la raison, que l'endroit avait été occupé quelques instants seulement avant son entrée. L'atmosphère qui flottait au-dessus du bureau semblait conserver l'inquiétante présence d'un être humain ; une présence, qui plus est, si récente qu'il avait l'impression que sa source se trouvait toujours dans son voisinage immédiat. Il lui était difficile de réaliser qu'il se trouvait complètement seul, que personne ne se cachait dans un coin. Son sixième sens, le plus affûté, lui conseillait d'agir comme s'il était épié. Il avait vaguement conscience d'un désir de bouger dans tous les sens et de jeter des regards tout autour de lui, de garder les yeux rivés sur chaque angle de la pièce, et de se comporter de façon générale comme s'il faisait l'objet d'une étroite surveillance de la part d'un autre individu.

Dans quelle mesure identifiait-il la cause de ces sensations, il est impossible de le dire ; mais elles s'avéraient suffisamment pressantes pour réprimer son irrésistible envie de se lever et de passer la salle au peigne fin. Il se tint donc tranquille sur son siège, fixant tantôt le dos des livres, tantôt les rideaux rouges, se demandant pendant tout ce temps s'il était vraiment observé, ou si son imagination lui jouait seulement des tours.

Un bon quart d'heure s'écoula, au bout duquel vingt rangées d'in-octavo se déplacèrent soudain vers lui, dégageant une ouverture dans le mur opposé. Il ne s'agissait que de fausses reliures, en fin de compte, et lorsque ces dernières eurent réintégré leur place avec la porte coulissante, Shorthouse se retrouva face à Joel Garvey.

Sa surprise fut telle qu'elle lui coupa presque le souffle. Il s'était figuré quelqu'un de désagréable, de féroce, même, avec la marque de la bête indéniablement gravée sur son visage ; mais il n'était absolument pas préparé à ce vieux gentleman, beau et grand, qui se tenait devant lui — d'aspect soigné, raffiné, vigoureux, arborant un noble front, des yeux gris clair, et un nez busqué qui dominait une bouche rasée de près et un menton qui dénotait une considérable force de caractère — bref, un homme d'apparence distinguée.

— J'ai bien peur de vous avoir fait attendre, dit ce dernier d'une voix aimable, bien que nul sourire ne jouât sur ses lèvres ou dans ses yeux. Mais vous savez, j'ai une passion pour la chimie, et juste au moment où l'on m'a annoncé votre arrivée, j'en étais au point le plus critique d'une expérience et me trouvais, de fait, dans l'obligation absolue de la mener à son terme.

Shorthouse s'était levé pour venir à sa rencontre, mais l'autre l'invita d'un geste à se rasseoir. Pour des raisons qui lui étaient propres, le jeune homme avait l'irrépressible conviction que M. Joel Garvey était délibérément en train de lui raconter des salades, et ne pouvait s'empêcher de s'interroger sur la nécessité d'un mensonge aussi élaboré. Tout à ces réflexions, il retira son pardessus et se renfonça dans son fauteuil.

— Je ne doute pas que la porte vous ait également surpris, continua Garvey, percevant de toute évidence une partie des émotions de son invité sur son visage. Vous n'aviez probablement pas suspecté son existence. Elle mène à mon petit laboratoire. La chimie est pour moi chose captivante, et j'y passe le plus clair de mon temps.

M. Garvey s'avança jusqu'au fauteuil de l'autre côté de la cheminée et y prit place.

Shorthouse fournit une réponse appropriée à ces remarques, bien que son esprit fût en vérité absorbé par l'évaluation du vieil associé de M. Sidebotham. Jusque-là, il n'avait détecté aucun signe de dérèglement mental, et il n'y avait certainement rien à son endroit qui suggérât des faits de violence ou un manque de savoir-vivre. Dans l'ensemble, le secrétaire de M. Sidebotham se révélait des plus agréablement surpris, et, souhaitant mener sa mission à son terme le plus rapidement possible, il fit un mouvement en direction de la mallette dans le but de l'ouvrir, quand son compagnon s'empressa d'interrompre son geste...

— Vous êtes le secrétaire *particulier* de M. Sidebotham, n'est-ce pas ?

Shorthouse répondit par l'affirmatif.

— M. Sidebotham, poursuivit-il ses explications, m'a confié les papiers en question, et j'ai l'honneur de vous remettre la lettre que vous lui avez envoyée il y a une semaine.

Ce disant, il tendit la missive à son interlocuteur, qui s'en empara sans dire un mot avant de la placer délibérément au milieu des flammes. Il n'était pas au courant que le secrétaire ignorait tout de son contenu, pourtant son visage ne trahissait pas la moindre émotion. Shorthouse remarqua toutefois qu'il ne quitta pas le foyer des yeux avant que le dernier bout de papier ne fût consumé. Alors, il redressa la tête et demanda :

— Vous êtes donc familier des faits de cette très étrange affaire.

Le jeune homme ne voyait aucune raison de confesser son ignorance.

— J'ai apporté tous les papiers, M. Garvey, répondit-il en les retirant de sa mallette, et je vous serais très reconnaissant si nous pouvions effectuer la transaction le plus rapidement possible. Si vous voulez bien découper votre signature, je...

— Un instant, je vous prie, l'interrompit l'autre. Je me dois, avant que nous procédions plus avant, de consulter certains documents qui se trouvent dans mon laboratoire. Si vous me permettez de vous laisser seul quelques minutes, nous pourrons ensuite conclure cette affaire en très peu de temps.

Shorthouse ne goûtait guère ce délai supplémentaire, mais il n'eut d'autre choix que d'accepter. Quand Garvey eut quitté la pièce par la porte dérobée, il se laissa tomber sur son siège et patienta, les papiers serrés entre les doigts. Les minutes s'égrainèrent et son hôte ne fit pas mine de revenir. Afin de passer le temps, il songea un instant à tirer le faux paquet de la poche de son manteau pour s'assurer que les documents étaient en ordre, et il en avait d'ailleurs presque achevé le mouvement, quand quelque chose — il ne sut jamais quoi — le prévint de n'en rien faire. À nouveau, la sensation d'être observé venait de l'envahir, et ce fut donc avec une impatience infinie que, s'étant renversé dans son fauteuil, il attendit le bon vouloir du maître des lieux, la mallette posée sur les genoux.

Il poireauta ainsi plus de vingt minutes.

Lorsqu'enfin, la porte s'ouvrit et que Garvey reparut, se confondant en excuses pour le retard, il vit sur l'horloge qu'il ne lui restait plus que quelques minutes du temps qu'il s'était alloué pour prendre le dernier train.

— À présent, je suis à votre entière disposition, déclara obligeamment le vieux gentleman. Je suis sûr, M. Shorthouse, que vous devez comprendre que nul ne saurait se montrer trop prudent vis-à-vis d'affaires de cette nature... Tout spécialement, poursuivit-il d'une voix lente empreinte de gravité, lorsque l'on traite avec un homme tel que mon ancien associé, dont l'esprit, comme vous l'avez sans doute remarqué, se voit par moment bien tristement affecté.

Shorthouse ne répondit rien à cela. Il sentait l'autre le guetter comme un chat guette une souris.

— À mes yeux, qu'il soit toujours en liberté tient presque du miracle, ajouta son hôte. À moins qu'il ne se soit grandement amélioré, sa compagnie peut difficilement se révéler sans danger pour ceux qui lui sont étroitement liés.

Le jeune homme commençait à se sentir mal à l'aise. De deux choses l'une, ou il s'agissait de l'envers de l'histoire, ou il avait devant lui les premiers signes d'une irresponsabilité mentale.

— Selon moi, toute affaire d'importance requiert la plus grande attention, M. Garvey, répliqua-t-il enfin, sur ses gardes.

— Ah ! dans ce cas, comme je le pensais, il a dû vous en faire endurer de belles, conclut Garvey, les yeux rivés sur le visage de son compagnon. Et sans doute montre-t-il autant de ressentiment à mon égard qu'il y a des années, quand se sont déclarés les premiers symptômes de la maladie ?

Bien que cette dernière remarque eût été délibérément tournée sous forme de question, et que son interlocuteur attendît, de fait, une réponse en le mangeant des yeux, Shorthouse choisit tout bonnement de l'ignorer. Sans un mot, il retira en la faisant claquer l'élastique de l'enveloppe bleue, et par ce geste, montra clairement son désir de conclure l'affaire qui l'amenait dès que possible. Cette tendance qu'avait le bonhomme de faire traîner les choses ne lui convenait pas du tout.

— Mais jamais de violences physiques, j'espère, M. Shorthouse, ajouta-t-il.

— Jamais.

— Je suis heureux de l'entendre, fit Garvey d'une voix pleine de compassion, très heureux de l'entendre. Et maintenant, poursuivit-il, si vous êtes prêt nous pouvons régler cette petite affaire avant le dîner. Cela ne prendra qu'un instant.

Il tira un siège jusqu'à son bureau et y prit place avant de sortir une paire de ciseaux d'un des tiroirs. Le secrétaire s'approcha en dépliant les papiers qu'il tenait à la main. Garvey s'en empara sur-le-champ, et après avoir tourné quelques pages, s'arrêta pour découper un morceau d'écriture dans le bas de l'avant-dernier feuillet.

Le tendant vers Jim, celui-ci put alors lire les mots « Joel Garvey » à l'encre fanée.

— Tenez ! voilà ma signature, dit-il, je viens de la découper. Cela doit faire près de vingt ans que je l'ai apposée sur ce document, et à présent, je m'en vais la brûler.

Il s'approcha de l'âtre et se pencha pour mettre le feu au petit bout de papier. Tandis qu'il le regardait se consumer, Shorthouse en profita pour glisser les vrais documents dans sa poche et ranger les copies dans sa mallette. Garvey se retourna juste à temps pour surprendre ce dernier geste.

— Je rapporte les papiers avec moi, déclara posément le jeune homme, vous en avez terminé avec eux, je pense.

— Certainement, répondit l'autre, totalement mystifié, comme il regardait disparaître l'enveloppe bleue dans les profondeurs de la mallette noire et Shorthouse tourner la clé. Ils n'ont plus le moindre intérêt pour moi.

Tout en s'exprimant de la sorte, il se dirigea vers le buffet et se versa un petit verre de whisky, demandant à son visiteur s'il pouvait en faire autant pour lui. Mais ce dernier déclina l'offre. En fait, il était déjà en train de remettre son pardessus quand Garvey se retourna, son visage trahissant une réelle surprise.

— Vous n'allez tout de même pas retourner à New York cette nuit, M. Shorthouse ? s'enquit-il d'une voix étonnée.

— J'ai juste le temps d'attraper le sept heures quinze, si je suis rapide.

— Mais je n'ai jamais eu vent d'une telle chose, insista son hôte. J'avais évidemment tenu pour acquis que vous resteriez pour la nuit.

— C'est gentil de votre part, le remercia Shorthouse, mais, vraiment, je dois rentrer cette nuit. Je n'ai jamais prévu de rester.

Les deux hommes se tinrent un instant face à face. Enfin, Garvey sortit sa montre.

— Vous m'en voyez terriblement navré, fit-il, mais, sur mon honneur, je tenais vraiment pour acquis que vous resteriez. J'aurais dû vous le dire il y a longtemps. Je suis un homme si seul et si peu accoutumé à recevoir de la visite que j'ai bien peur d'en oublier complètement mes manières. Mais de toute façon, M. Shorthouse, vous ne pouvez prendre le sept heures quinze, car il est déjà plus de six heures, et il s'agit du dernier train pour cette nuit.

Il parlait avec volubilité, presque avec impatience, mais son ton semblait sincère.

— J'ai le temps si je marche d'un bon pas, déclara Jim avec résolution, se dirigeant vers la porte. Ce faisant, il jeta un coup d'œil à sa montre. Jusque-là, il s'était fié à l'horloge sur le manteau de la cheminée. À son grand désarroi, il s'aperçut alors qu'il était, ainsi que son hôte l'avait indiqué, bien plus de six heures. La pendule retardait d'une demi-heure, et il réalisa aussitôt qu'il ne lui était désormais plus possible de prendre le train.

Les aiguilles de l'horloge avaient-elles été intentionnellement reculées ? Avait-il été retenu à dessein ? Des pensées déplaisantes lui traversèrent l'esprit et le firent hésiter avant de faire le prochain pas. Les mises en garde de son employeur lui résonnèrent aux oreilles. Il avait le choix entre une marche de dix kilomètres le long d'une route isolée dans les ténèbres, et une nuit à passer sous le toit de Garvey. La première option semblait courir tout droit à la catastrophe, si tant est qu'une catastrophe fût au menu ce jour-là. Quant à la seconde... Eh bien, il n'avait pas vraiment d'autre alternative. Une chose, réalisa-t-il, était cependant claire : il ne devait laisser paraître ni peur ni hésitation.

— Ma montre doit avancer, observa-t-il posément, reculant les aiguilles sans lever les yeux. Il semble que j'aie effectivement loupé mon train et sois contraint de m'en remettre à votre hospitalité. Mais, croyez-moi, je n'avais nullement l'intention de vous déranger autant.

— Vous m'en voyez ravi, le rassura Garvey. Fiez-vous au jugement d'un aîné et installez-vous confortablement pour la nuit. Il souffle un vent cinglant au dehors, et vous ne me dérangez pas du tout. Au contraire, c'est un grand plaisir pour moi de vous héberger. J'ai si peu de contacts avec le monde extérieur que c'est vraiment un cadeau du ciel que de vous avoir ici.

Tandis qu'il s'exprimait ainsi, son visage s'était métamorphosé. Ses manières étaient cordiales et sincères. Shorthouse commençait à avoir honte des doutes qui l'avaient assailli plus tôt et se sentait coupable d'avoir mal interprété les avertissements de son employeur. Il retira son pardessus et les deux hommes s'avancèrent vers les fauteuils près de la cheminée.

— Voyez-vous, poursuivit-il en baissant d'un ton, je comprends parfaitement votre hésitation. Je n'ai pas fréquenté Sidebotham toutes ces années sans en connaître beaucoup à son sujet... peut-être davantage que vous. Je n'ai plus le moindre doute à présent qu'il vous ait rempli la tête de toutes sortes de sottises à mon propos... Il vous a probablement dit que j'étais la plus grande crapule ayant jamais échappé à l'échafaud, n'est-ce pas ? Et bien d'autres choses du même acabit ? Quel pauvre idiot ! Et pourtant c'était un être brillant avant que son esprit ne batte la campagne. Une de ses élucubrations voulait que tous les autres soient fous ou sur le point de le devenir. Est-il toujours aussi mal ?

— Peu d'hommes, répliqua Shorthouse sur le ton de la confidence, mais refusant catégoriquement de se faire tirer les vers du nez, ont vécu ses expériences et atteint son âge sans nourrir quelque illusion d'un genre ou d'un autre.

— C'est tout à fait exact, s'inclina Garvey. Votre sens de l'observation est manifestement affûté.

— *Très* affûté, en effet, acquiesça le jeune homme, saisissant la balle au bond ; mais, bien entendu, il y a des choses — à cet instant, il jeta un regard circonspect par-dessus son épaule — il y a des choses, disais-je, dont on ne peut parler sans faire preuve de trop de prudence.

— Je comprends parfaitement et respecte votre réserve.

La conversation se prolongea encore un peu, après quoi Garvey se leva et s'excusa auprès de son invité sous prétexte d'aller superviser la préparation de sa chambre à coucher.

— C'est un véritable événement que d'accueillir un visiteur dans cette maison, et je veux rendre votre séjour aussi confortable que possible, dit-il. Sous ma surveillance, Marx ne s'en sortira que mieux. De plus, ajouta-t-il en riant comme il se tenait dans

l'encadrement de la porte, je tiens à ce que vous
rameniez un bon souvenir de moi à Sidebotham.

Chapitre 2

La haute silhouette disparut et la porte se referma derrière lui. La tournure qu'avait pris la conversation lors de ces quelques dernières minutes avait, pour ainsi dire, été une révélation pour le secrétaire. Garvey semblait en effet en pleine possession de ses facultés ordinaires. La sincérité de son comportement et de ses intentions ne faisait pas l'ombre d'un doute. Les soupçons qu'il avait nourris à son encontre au cours de la première heure étaient en train se dissiper comme la brume sous les rayons du soleil. Il avait autorisé les avertissements de mauvais augure de Sidebotham et le mystère dont il avait enveloppé toute l'histoire à influencer indûment son jugement. La solitude de sa situation ajoutée au caractère lugubre de son environnement avait aidé à parfaire l'illusion. Il commençait à avoir honte de sa défiance envers son hôte tandis qu'un changement s'amorçait graduellement dans sa manière de penser. Un dîner et un lit s'avéraient quand même préférables à dix kilomètres de marche à pieds dans le noir total, le ventre vide, et un train glacial pour couronner le tout !

Garvey reparut sur ces entrefaites.

— Nous ferons le maximum pour vous satisfaire, déclara-t-il en se laissant tomber dans les profondeurs d'un fauteuil de l'autre côté de l'âtre. Marx est un bon serviteur à condition de garder tout le temps un œil sur lui. Vous devez toujours surveiller un Juif, cependant, si vous voulez que les choses soient faites correctement. Ils se montrent fourbes et hésitants à moins de travailler dans leur propre intérêt. Mais Marx pourrait être pire, je dois l'admettre. Il est à mon service depuis près de vingt ans — cuisinier, valet de chambre, domestique et majordome tout à la fois. Autrefois, vous savez, il était employé dans notre bureau de Chicago.

Le bonhomme radotait et Shorthouse écoutait en lançant une remarque de temps à autre. Son hôte semblait heureux d'avoir quelqu'un à qui parler et le son de sa propre voix sonnait manifestement comme une douce musique à ses oreilles. Au bout de quelques minutes, il s'approcha du buffet et s'empara à nouveau de la carafe de whisky, la brandissant dans la lumière.

— Vous allez vous joindre à moi, cette fois, lança-t-il d'une voix aimable en remplissant deux verres, cela vous ouvrira l'appétit pour le dîner.

Pour le coup, Shorthouse ne déclina pas l'invitation. La liqueur était moelleuse et douce, ils en burent deux rasades chacun.

— Excellent, remarqua le secrétaire.

— Content que vous l'appréciiez, répondit son hôte en se léchant les babines. C'est un très vieux whisky, et j'y touche rarement lorsque je suis seul. Mais ceci, ajouta-t-il, est une grande occasion, n'est-ce pas ?

Shorthouse était en train de poser son verre quand quelque chose attira soudain son regard vers le visage de son compagnon. Une note discordante dans la voix de ce dernier venait de capter son attention, mettant tous ses sens en alerte. Les prunelles de Garvey brillaient d'un nouvel éclat tandis que sur ses traits puissants passait une ombre fugace qui provoqua aussitôt chez le secrétaire un picotement nerveux. Un brouillard se répandit bientôt devant ses yeux en même temps qu'enflait en lui l'inexplicable certitude qu'il faisait face à un animal sauvage. Tout près de son cœur résidait quelque chose d'indompté, de féroce, de primitif. À cet instant, un frisson involontaire le parcourut qui sembla dissiper l'étrange illusion aussi soudainement qu'elle était apparue. Il croisa le regard de l'autre avec le sourire, dont le pendant, dans son cœur, était une indicible horreur.

— C'est une grande occasion, approuva-t-il le plus naturellement possible, et, permettez-moi d'ajouter, un très grand whisky.

Garvey paraissait aux anges. Il se trouvait au beau milieu d'un tortueux récit sur la façon dont l'alcool était initialement tombé en sa possession, lorsque la porte s'ouvrit derrière eux et une voix de crécelle annonça que le repas était servi. Ils suivirent alors la silhouette en soutane de Marx à travers le hall crasseux, seulement éclairé par le rayon de lumière qui les escortait de la porte de la bibliothèque, et pénétrèrent dans une petite pièce où une unique lampe trônait sur une table dressée pour le dîner. Les murs étaient dépourvus de tableaux, et des fenêtres sans rideaux se cachaient derrière des stores vénitiens. Nul feu ne brûlait dans l'âtre. Quand les deux hommes se furent installés l'un en face de l'autre, Shorthouse remarqua que, alors que sa propre place avait été dûment garnie de verres et de couverts, son compagnon n'avait devant lui qu'une assiette à soupe, sans couteau ni fourchette, ni même une petite cuillère.

— Je ne sais pas ce que nous avons à vous offrir, avoua le maître de maison, mais je suis sûr que Marx aura fait de son mieux dans un délai aussi court. Pour ma part, je me contente d'un seul plat pour le dîner, mais je vous en prie, prenez donc votre temps et appréciez votre repas.

Marx déposa bientôt une assiette de soupe remplie à ras bords devant leur invité. Pourtant, le voisinage immédiat de ce vieux serviteur s'avérait si répugnant pour celui-ci que les cuillerées disparurent avec quelque lenteur. Assis sur sa chaise, Garvey ne le quittait pas des yeux.

Shorthouse déclara que le consommé était délicieux avant d'avaler vaillamment une autre pleine gorgée. En réalité, ses pensées étaient entièrement concentrées sur son compagnon de table, dont les manières témoignaient d'un changement étrange et progressif. Il y avait dans son attitude une nette différence, différence qu'au début le secrétaire *sentit* plutôt qu'il ne vit. L'assurance placide de Garvey faisait petit à petit place à une pointe d'excitation réprimée qui paraissait jusque-là inexplicable. Ses mouvements étaient devenus vifs et nerveux, son œil fuyant et curieusement brillant, et sa voix, lorsqu'il s'exprimait, trahissait occasionnellement de violents frissons. Quelque chose d'inhabituel remuait au fond de lui et exigeait, de toute évidence, de se manifester à chaque instant plus vigoureusement à mesure qu'avançait le repas.

L'intuition du jeune homme lui soufflait de s'inquiéter de cette excitation grandissante, aussi pendant qu'il négociait avec quelques côtes de porc singulièrement coriaces, il tâcha de mener la conversation sur le sujet de la chimie, matière dont il avait été un étudiant assidu lors de ses jours passés à Oxford. Son hôte, toutefois, ne voulait rien savoir. Semblant avoir perdu tout intérêt pour sa personne, c'est tout juste s'il consentait à lui répondre. Quand Marx revint peu de temps après avec un plat d'œufs fumants au bacon, la conversation tomba d'elle-même.

— Un menu insuffisant pour un dîner, observa Garvey sitôt que son domestique se fût éclipsé, mais mieux que rien, je l'espère.

Shorthouse déclara qu'il était extrêmement friand d'œufs au bacon, et, levant les yeux tandis qu'il prononçait ce dernier mot, il s'aperçut que le visage de Garvey était agité de tics nerveux et qu'il se tortillait presque sur sa chaise. Il se calma, cependant, sous le regard appuyé du secrétaire et répondit, bien que manifestement au prix d'un immense effort :

— Très aimable de votre part de dire cela. J'aurais aimé me joindre à vous, seulement je ne mange jamais ce genre de choses. Je ne prends qu'un seul plat pour dîner.

Le jeune homme commençait à ressentir quelque curiosité quant à la nature de cet unique service, mais ne fit aucun autre commentaire et se contenta de noter mentalement que l'excitation de son compagnon semblait devenir rapidement hors de contrôle. Il y avait quelque chose de mystérieux à ce sujet, et il se prit à regretter de ne pas avoir choisi l'option de la marche forcée vers la gare.

— Je suis heureux de constater que vous n'ouvrez jamais la bouche lorsque Marx se trouve dans la pièce, dit Garvey au bout d'un moment. Je suis sûr qu'il ne vaut mieux pas. N'êtes-vous point de mon avis ?

Il paraissait attendre sa réponse avec impatience.

— Indubitablement, approuva le secrétaire, perplexe.

— Oui, s'empressa l'autre de continuer, c'est un excellent homme, mais il a un vice... un vice vraiment horrible. Vous avez peut-être... mais non, vous pouvez difficilement l'avoir déjà remarqué.

— Pas l'alcool, j'espère, fit Shorthouse, qui aurait préféré discuter de n'importe quoi plutôt que de l'odieux majordome.

— Bien pire que cela, répliqua Garvey, qui s'attendait de toute évidence à ce que son invité tentât de le faire parler. Mais ce dernier n'était pas d'humeur à entendre quoi que ce soit d'horrible et refusa de se laisser prendre au jeu.

— Les meilleurs des domestiques ont leurs défauts, déclara-t-il froidement.

— Je vous dirai ce que c'est, si vous voulez, poursuivit son hôte toujours plus bas, se penchant au-dessus de la table de sorte que son visage côtoyait la flamme de la lampe ; seulement il nous faut baisser d'un ton au cas où il nous écouterait. Je vous dirai ce que c'est... si vous pensez ne pas avoir peur.

— Rien ne me fait peur ! s'esclaffa-t-il. (Garvey devait comprendre cela quoi qu'il advienne.) Rien ne peut me faire peur, répéta-t-il.

— Vous m'en voyez ravi, car *moi*, cela m'effraie énormément, parfois.

Shorthouse feignit l'indifférence. Pourtant, il avait conscience que son cœur s'était mis à battre un peu plus rapidement et qu'une sensation de froid lui rampait présentement le long du dos. Il attendit la suite en silence.

— Il a une horrible prédilection pour le vide, déclara Garvey d'une voix encore plus basse en approchant davantage son visage de la lampe.

— Le vide ! s'exclama le secrétaire malgré lui. Mais que voulez-vous dire ?

— Simplement ce que je dis, évidemment. Il est toujours à basculer dedans, de sorte que je ne puis ni le trouver ni l'atteindre. Il s'y cache des heures entières, et je n'arrive absolument pas à comprendre ce qu'il fabrique là-dedans.

Shorthouse regarda son compagnon droit dans les yeux. Mais, au nom du Ciel, de quoi parlait-il ?

— Pensez-vous qu'il aille là-bas pour changer d'air, ou... ou pour s'évader ? continua son hôte d'une voix plus forte.

Jim aurait carrément éclaté de rire n'eut été l'expression peinte sur le visage de son interlocuteur.

— Je ne pense pas qu'il y ait beaucoup d'air dans le vide, dit-il posément.

— C'est aussi mon sentiment, approuva Garvey en proie à une excitation toujours croissante. C'est là toute l'horreur de la chose. Comment diable fait-il pour vivre là-dedans ? Voyez-vous...

— L'avez-vous déjà suivi là-bas ? l'interrompit soudain le secrétaire. L'autre se renversa sur sa chaise et poussa un profond soupir.

— Jamais ! C'est tout bonnement impossible. Voyez-vous, je ne peux pas le suivre. Il n'y a pas de place pour deux. Le vide ne peut accueillir confortablement qu'une seule personne. Marx le sait très bien. Il est totalement hors de ma portée dès qu'il se trouve à l'intérieur. Il sait tirer les choses à son avantage. C'est un véritable Juif.

— C'est un inconvénient pour un serviteur, assurément, dit lentement Shorthouse, les yeux rivés sur son assiette.

— Un inconvénient, l'interrompit l'autre avec un affreux petit rire, je dirais plutôt un avantage.

— Un avantage semble en effet un terme plus approprié, concéda le jeune homme. Mais, continua-t-il, je croyais que la Nature détestait le vide. C'était du moins le cas quand j'étais à l'école... mais peut-être que... cela fait si longtemps...

Il hésita et redressa la tête. Quelque chose sur la figure de Garvey — quelque chose qu'il avait *sentit* avant même de lever les yeux — paralysa soudain sa langue et bloqua net les mots dans sa gorge. Ses lèvres refusèrent de bouger et devinrent subitement sèches. À nouveau, la brume se leva devant ses prunelles et l'ombre épouvantable laissa tomber son voile sur le visage en face de lui. Les traits de son hôte commencèrent à brûler et rougeoyer. Ensuite, ils semblèrent s'épaissir et d'une certaine manière, se brouiller. L'espace d'une seconde — cela ne lui parut pas davantage — il dévisagea un abominable, un féroce animal ; puis, aussi rapidement qu'elle était venue, l'ombre grossière de la bête se dissipa, la brume s'évapora, et au prix d'une sublime maîtrise de ses nerfs, il se força à finir sa phrase.

— Vous savez, il y a si longtemps que je n'ai pas prêté attention à ce genre de choses, balbutia-t-il. Son cœur battait à tout rompre, ajouté à un sentiment d'oppression.

— Il s'agit d'autre part de mon principal sujet d'étude, reprit Garvey. Je n'ai pas passé toutes ces années dans mon laboratoire sans aucun but, je puis vous l'assurer. La Nature, je le tiens pour acquis, ajouta-t-il avec une étrange ardeur, ne déteste *pas* le vide. Au contraire, elle en est particulièrement friande, beaucoup trop, semble-t-il, pour le confort de ma petite maisonnée. S'il y avait moins de vide et plus de haine, nous nous entendrions mieux lui et moi... sacrément mieux, si vous voulez mon avis.

— Vos connaissances en la matière vous permettent sans nul doute d'en parler avec autorité, commenta Shorthouse, la curiosité et l'inquiétude se chamaillant dans sa tête avec d'autres sentiments contradictoires ; mais *comment* un homme arrive-t-il à tomber dans le vide ?

— Vous faites bien de le demander. Et c'est là toute la question. Comment y arrive-t-il ? C'est absurde, je ne parviens pas du tout à comprendre. Marx le sait, lui, mais il ne me le dira pas. Les Juifs en savent plus que nous. Pour ma part, j'ai des raisons de croire... Il s'interrompit brusquement pour écouter. Chut ! Le voilà qui vient, ajouta-t-il en se frottant les mains avec allégresse tout en se tortillant sur sa chaise.

À ces mots, des pas en provenance du couloir se firent entendre. Comme ils se rapprochaient, Garvey semblait céder complètement à l'excitation, à présent hors de contrôle, qu'il avait tenté jusque-là d'endiguer. Les yeux rivés sur la porte, il se mit à tordre la nappe à deux mains et l'ombre répugnante se répandit à nouveau sur son visage, toujours plus sauvage, toujours plus carnassière. Comme à travers un masque dissimulant la bête tapie derrière et pourtant assez fin pour laisser entrevoir sa présence, là, surgit sur sa figure l'étrange aspect de l'animal à l'intérieur de l'homme — la manifestation du loup-garou, du monstre. La transformation dans toute son horreur s'opéra rapidement sur ses traits, qui commencèrent bientôt à perdre leurs contours. Le nez s'aplatit, se réduisant à de larges trous au-dessus de lèvres épaisses. Le visage s'arrondit, comblé, et devint massif. Les yeux, qui heureusement pour Shorthouse, ne cherchaient plus les siens, étincelaient d'un appétit sauvage et d'une faim bestiale. Les mains lâchèrent la nappe pour s'agripper aux bords de la table, puis empoignèrent à nouveau le tissu.

— Voilà *mon* dîner qui arrive, annonça Garvey d'une voix profonde et gutturale. Il frissonnait. Sa lèvre supérieure était en partie retroussée, découvrant ses dents blanches et luisantes.

Un instant plus tard, la porte s'ouvrit et Marx se précipita dans la pièce pour poser un plat en face de son maître. Ce dernier se leva à demi pour venir à sa rencontre, tendant les mains, un hideux sourire lui étirant les lèvres. Un bruit pareil au grondement féroce d'un animal s'échappa de sa gorge. La nourriture devant lui fumait, mais la légère vapeur qui en émanait révélait par son odeur qu'elle n'était pas issue d'une cuisson au charbon de bois. C'était la chaleur naturelle de la chair attisée par les feux de la vie que l'on venait tout juste d'ôter. Au moment où le plat reposa sur la table, Garvey repoussa sa propre assiette et tira l'autre jusque sous son nez. Puis, se saisissant à deux mains de la nourriture, il commença à la déchirer avec les dents en poussant force grognements. Shorthouse ferma les yeux, pris de nausée. Quand il consentit à les réouvrir, les lèvres et la mâchoire de l'individu en face de lui étaient maculées de pourpre. Sa transformation était complète. Un tigre en train de dévorer sa proie, affamé, vorace, mais dépourvu de la grâce du félin — voilà la vision qu'il dut endurer durant plusieurs longues minutes, pétrifié d'horreur et de dégoût.

Marx avait déjà détalé, sachant pertinemment qu'il y avait des choses auxquelles il valait mieux ne pas assister, et Shorthouse comprit enfin qu'il avait affaire à un fou.

L'odieux repas fut englouti à une vitesse qui défiait l'entendement, agapes dont rien ne subsista qu'une minuscule flaque de liquide rouge qui se figea rapidement. Repu, Garvey se renversa lourdement sur son siège et poussa un soupir. Son visage barbouillé de sang, à présent privé de l'éclairage de la lampe, commençait à retrouver son apparence normale. Au bout d'un moment, il leva les yeux sur son invité et dit de sa voix naturelle :

— J'espère que vous avez assez mangé. Vous ne goûteriez guère un tel repas, vous savez, ajouta-t-il en jetant un œil à son plat vide.

Shorthouse rencontra son regard en réprimant tant bien que mal l'aversion qu'il ressentait, bien qu'il lui fût impossible de n'en rien laisser paraître. Sur les traits de son hôte, il crut lire toutefois un sentiment de gêne mêlé d'abattement, mais il ne trouva rien à répondre.

— Marx sera bientôt de retour, enchaîna Garvey. Il est soit en train d'écouter, soit dans le vide.

— A-t-il un horaire précis pour vous rendre visite ? parvint à articuler le secrétaire.

— Il s'en va généralement après dîner ; à peu près à cette heure-ci, en fait. Mais il n'est pas encore parti, observa-t-il en haussant les épaules, car il me semble l'entendre revenir.

Shorthouse se demanda par-devers lui si le « vide » en question pût être synonyme de « cave à vin », en se gardant bien d'exprimer le fond de sa pensée. Des frissons d'horreur lui courant toujours le long du dos, il vit Marx faire son entrée les bras chargés d'une bassine et d'une serviette tandis que Garvey tendait le museau à la manière d'un animal pour se faire frotter.

— Maintenant, si vous êtes prêt, nous allons passer dans la bibliothèque pour prendre le café, annonça ce dernier en empruntant le ton d'un gentleman s'adressant à ses invités après dîner.

Shorthouse ramassa sa mallette qui avait passé tout le repas coincée entre ses pieds, et franchit la porte que son hôte gardait ouverte pour lui. Côte à côte, ils traversèrent ensemble le hall plongé dans la pénombre où, à son grand écœurement, son amphitryon en profita pour passer un bras sous le sien, le visage si près de son oreille qu'il sentit le souffle chaud lui susurrer d'une voix pâteuse :

— Je vous trouve exceptionnellement prudent vis-à-vis de cette mallette, M. Shorthouse. Elle doit sûrement contenir davantage que cette liasse de papiers.

— Rien que les documents, répondit-il avec aplomb, sentant la main lui brûler le bras et souhaitant être, à cette heure, à des kilomètres de cette maison et de ses abominables occupants.

— En êtes-vous bien sûr ? insista l'autre avec un odieux rire suggestif. N'y aurait-il pas de la viande à l'intérieur, de la viande fraîche... de la viande crue ?

Le secrétaire était conscient, d'une certaine façon, qu'au moindre signe de frayeur, la bête agrippée à son bras se jetterait sur lui et le mettrait en pièces avec ses dents.

— Rien de la sorte, déclara-t-il énergiquement. D'ailleurs, si c'était le cas, il n'y en aurait pas assez pour nourrir un chat.

— Exact, admit Garvey en poussant un vil soupir, tandis que son invité sentait sa main sur son bras le palper de haut en bas comme pour en tâter la chair. Exact, c'est trop petit pour être d'une réelle utilité. Comme vous dites, il n'y en aurait pas assez pour nourrir un chat.

Shorthouse fut incapable de réprimer un cri. Au même instant, les muscles de ses doigts se détendirent malgré lui et la mallette noire tomba sur le sol avec un bruit mat. Garvey retira instantanément son bras et se retourna d'un geste vif. Mais le secrétaire avait regagné le contrôle de ses nerfs aussi soudainement qu'il l'avait perdu, et affronta sans ciller les yeux du fou d'un regard noir chargé d'agressivité.

— Là, vous voyez, c'est très léger. Elle n'a presque pas fait de bruit quand je l'ai lâchée.

À ces mots, il ramassa la valisette et la laissa tomber à nouveau, comme s'il l'avait lâchée intentionnellement la première fois. L'autre s'y laissa prendre.

— Oui, vous avez raison, convint celui-ci, le dévorant du regard à l'entrée de la bibliothèque. En aucun cas elle n'en contiendrait assez pour deux, ricana-t-il. Et comme il refermait la porte derrière lui, l'horrible rire se répercuta contre les murs dépouillés du hall d'entrée.

Ils s'assirent au coin d'un feu ardent, dont Shorthouse fut heureux de sentir la chaleur. Marx apporta bientôt le café. Un verre de vieux whisky associé à un bon cigare aidèrent à rétablir l'équilibre. Pendant plusieurs minutes, les deux hommes demeurèrent silencieux à contempler les flammes. Puis, sans relever la tête, Garvey dit à voix basse :

— Je suppose que cela vous a fait un choc de me voir ainsi manger de la viande crue. Je vous dois des excuses si cela vous a paru déplaisant. Mais c'est tout ce que je peux manger et je n'avais rien avalé depuis vingt-quatre heures.

— La meilleure nourriture au monde, assurément ; bien que je serais tenté de penser qu'elle pourrait s'avérer un peu dure à encaisser pour certains estomacs.

Il tenta vaille que vaille d'éloigner la conversation d'un si désagréable sujet, en enchaînant rapidement sur les vertus de différents aliments, sur le végétarisme et les végétariens, et sur des hommes restés pendant longtemps sans aucune nourriture. Garvey écoutait apparemment sans lui prêter le moindre intérêt, et n'avait rien à dire. À la première interruption, il intervint avec passion :

— Quand la faim me taraude, souffla-t-il, le regard toujours perdu dans les flammes, je ne parviens tout simplement plus à me contrôler. Il me faut de la viande crue... la première qui me tombe sous la main...

Ce disant, il leva ses yeux étincelants et Shorthouse sentit ses cheveux commencer à se dresser sur sa tête.

— Cela me tombe dessus sans crier gare. Je ne peux jamais prévoir quand cela va me prendre. Il y a un an, cette passion s'est déchaînée en moi telle une tornade et Marx étant absent, je ne parvenais pas à trouver de viande. Je devais à tout prix mettre la main sur quelque chose ou je me serais mordu moi-même. Juste au moment où ma faim devenait insoutenable, mon chien surgit de sous le sofa. C'était un épagneul.

Shorthouse répondit avec effort ; à peine eut-il conscience de ce qu'il dit. Il sentait la chair de poule lui picoter la peau, comme prise d'assaut par une armée de fourmis.

Un silence de plusieurs minutes s'installa entre eux.

— J'ai mordu Marx sur tout le corps, reprit son hôte au bout d'un moment de son étrange et douce voix, comme s'il parlait de pommes ; mais il a un goût amer. Je doute que la faim puisse jamais me pousser à recommencer. C'est probablement ce qui l'a conduit en premier lieu à chercher refuge dans le vide.

Il poussa un odieux gloussement en songeant à la cause de la disparition de son domestique.

Shorthouse se saisit du tisonnier et se mit à attiser le feu comme si sa vie en dépendait. Mais quand martèlements et cliquetis se furent tus, Garvey poursuivit ses remarques avec la même sérénité. La phrase suivante, toutefois, ne devait jamais être achevée. Le secrétaire s'était levé d'un bon.

— Je vous demanderai la permission de me retirer, fit-il d'une voix déterminée, je suis fatigué ce soir ; auriez-vous l'obligeance de me montrer ma chambre ?

Garvey leva les yeux vers lui, le visage empreint d'une curieuse obséquiosité derrière laquelle étincelait la lueur d'une passion sournoise.

— Certainement, répondit-il en s'extirpant de son fauteuil. Vous avez eu une dure journée. J'aurais dû y penser plus tôt.

Il prit la bougie sur la table et l'alluma, les doigts qui tenaient l'allumette pris de tremblements.

— Inutile de déranger Marx, expliqua-t-il. Cette bête, à cette heure, est déjà retournée dans le vide.

Chapitre 3

Traversant le hall, ils s'engagèrent dans les escaliers de bois nu. Ils se trouvaient alors au cœur de la maison, et l'air y était coupant comme de la glace. Garvey, dont la lumière vacillante de la bougie qu'il tenait à la main accusait les traits, ouvrit la marche au premier étage et poussa une porte située près de l'embouchure d'un ténébreux couloir. Une chambre coquette accueillit le visiteur, qui prit rapidement ses repères tandis que son hôte allait allumer deux chandelles qui trônaient sur une table au pied du lit. Un feu brûlait joyeusement dans l'âtre. Deux fenêtres s'ouvrant comme des portes trouaient le mur opposé, cependant qu'à sa droite, un haut lit à baldaquin occupait la majeure partie de l'espace. Des lambris couraient tout autour de la pièce presque jusqu'au plafond et donnaient à l'ensemble un aspect confortable et chaleureux, bien que les portraits disposés par panneaux alternés évoquassent, d'une certaine façon, l'esprit d'une vieille maison de campagne anglaise. Shorthouse devait reconnaître qu'il était agréablement surpris.

— J'espère que vous trouverez tout ce dont vous aurez besoin, lança Garvey de l'embrasure de la porte. Sinon, vous n'aurez qu'à tirer le cordon de la sonnette près de la cheminée. Marx ne risquera pas de l'entendre, bien entendu, mais elle est reliée à mon laboratoire, où je passe le plus clair de mes heures nocturnes.

Puis il sortit sur un laconique "bonne nuit" en refermant derrière lui. Le maître des lieux parti, le secrétaire particulier de M. Sidebotham eut une attitude curieuse. Il se planta au milieu de la pièce en tournant le dos à la porte, tira vivement son pistolet de sa poche révolver et le braqua, bras gauche tendu, en direction de la fenêtre. Tenant la pose pendant trente secondes, il vira brusquement à droite pour faire face au vantail, pointant son arme directement sur le trou de la serrure. Aussitôt, des bruits étouffés se firent entendre de l'autre côté du panneau, suivis de pas se repliant sur le palier.

— C'est ce que je pensais, sur les genoux, l'œil collé au trou de la serrure, songea-t-il. *Mais il ne s'attendait pas à regarder dans le canon d'un révolver et ça l'a un peu secoué.*

Sitôt que les pas eurent dégringolé les marches et se furent éteints peu à peu dans le hall d'entrée, Shorthouse alla mettre le verrou, fourrant au passage un morceau de papier froissé dans le second trou de serrure qu'il n'avait pas manqué de repérer au-dessus du premier. Ceci fait, il entreprit de passer la pièce au peigne fin. Ses efforts ne devaient pas être récompensés, car il ne remarqua rien d'anormal, et pourtant il était heureux de s'en être donné la peine. Il se sentait soulagé de n'avoir débusqué personne sous le lit ni dans l'insondable armoire de chêne, espérant sincèrement que ce n'était pas dans le meuble en question que l'infortuné épagneul avait connu son horrible fin. Les portes-fenêtres, découvrit-il, s'ouvraient sur un petit balcon qui donnait sur la façade et s'élevait à moins de six mètres du sol. Le lit était quant à lui haut et large, doux comme du duvet et bordé de draps couleur de neige — vision très tentante pour un homme exténué, ajouté au fait que deux fauteuils profonds avaient été disposés près de la bonne flambée.

Il s'agissait somme toute d'un endroit des plus plaisant et confortable ; cependant, en dépit de la fatigue qui le tenaillait, Shorthouse n'avait nullement l'intention d'aller se coucher. Il lui était tout bonnement impossible d'ignorer les mises en garde de ses nerfs. Jamais encore ils ne l'avaient induit en erreur, et quand ce sentiment d'inquiétude mêlée d'horreur s'insinuait dans ses os, il savait que les vents n'étaient pas favorables et qu'un pavillon rouge flottait au-dessus de son avenir immédiat. Quelque instrument délicat ancré dans son être, plus subtil que les sens, plus précis qu'un simple pressentiment, avait aperçu le drapeau en question et interprétait à présent sa signification.

Alors qu'il s'effondrait dans un des fauteuils placés devant la cheminée, il eut à nouveau l'impression que ses faits et gestes étaient étroitement surveillés d'un endroit indéfini. Comme il ignorait quelle arme pourrait être utilisée contre lui, il sentait que sa sécurité reposait avant tout sur un contrôle rigoureux de son esprit et de ses émotions, ainsi que sur un farouche refus d'admettre la moindre étincelle d'inquiétude.

La maison se trouvait plongée dans un silence profond. Le vent retombait peu à peu dans sa torpeur tandis que s'écoulait la nuit. Seules quelques occasionnelles rafales de grésil contre les vitres venaient encore lui rappeler que les éléments s'étaient déchaînés tantôt. Une fois ou deux, les fenêtres claquèrent et la pluie crépita dans les flammes, mais le rugissement dans la cheminée se fit de moins en moins véhément jusqu'à ce qu'enfin, le bâtiment isolé fût enveloppé d'une grande quiétude. Le craquement du charbon roulant au fond de l'âtre, accordé au doux murmure des cendres retombant en tas soyeux, était seul à ponctuer l'ambiance feutrée.

À mesure que le gagnait l'envie de dormir, s'amenuisait en lui l'angoisse de la situation ; mais de façon si imperceptible, si graduelle, et si insidieuse qu'à peine s'apercevait-il du changement. Il se croyait aussi conscient du danger que jamais. Le bannissement triomphal des horribles images du dîner imprimées dans son cerveau, il l'attribuait à sa parfaite maîtrise de soi en ignorant sa véritable cause, alors que rampaient sur lui les douces influences du sommeil. Les visages dans le charbon étaient si apaisants ; le fauteuil si confortable ; si doux le souffle qui pesait délicatement sur ses paupières ; si subtile la croissance de son sentiment de sécurité. Il s'enfonça plus profondément dans le fauteuil et se serait endormi d'un moment à l'autre si le drapeau rouge n'avait pas commencé à s'agiter violemment d'avant en arrière. Il se redressa d'un coup sur son séant, comme poignardé dans le dos.

Quelqu'un était en train de gravir furtivement les escaliers, les planches de bois craquant sous son poids.

Shorthouse s'extirpa d'un bond de son siège et traversa rapidement la pièce pour venir se poster près de la porte, dans l'angle mort du trou de la serrure. Les deux chandelles se consumaient inégalement sur la table au pied du lit. Les pas se voulaient lents et précautionneux — trente secondes semblaient les séparer — mais la personne à qui ils appartenaient était maintenant très proche. Déjà, elle avait atteint le haut des marches et traversait à présent sur la pointe des pieds, presque silencieusement, le palier.

Le secrétaire glissa la main dans sa poche révolver et recula davantage contre le mur. À peine eut-il achevé ce mouvement que les bruits cessèrent brutalement et il sut dès lors que quelqu'un se tenait juste derrière le vantail et s'apprêtait à lorgner par le trou de la serrure.

Jim n'était nullement un lâche. Dans le feu de l'action, il n'avait jamais peur. Seuls l'attente, les interrogations et l'incertitude auraient pu mettre à mal son sang-froid. Pourtant, une vague d'intense horreur le submergea curieusement l'espace d'une seconde alors qu'il songeait au fou bestial et à son domestique. Il aurait préféré affronter une meute de loups plutôt que d'avoir affaire à l'un ou l'autre de ces deux hommes.

Un léger frôlement de l'huis mit derechef ses sens en alerte et lui fit resserrer son étreinte sur son arme. L'acier lui semblait froid et glissant entre ses doigts moites. Quel terrible raffut cela ferait quand il presserait la détente ! Comme il serait près de l'individu qui entrerait si la porte venait à s'ouvrir ! Pourtant, il savait bien que c'était impossible, la pièce s'avérant verrouillée de l'intérieur. À nouveau, quelque chose vint effleurer le vantail à côté de lui et une seconde plus tard, le bout de papier froissé tomba du trou de la serrure sur le sol, tandis que le fin morceau de fil de fer à qui l'on devait ce résultat montrait un instant son extrémité avant de prestement se retirer.

De toute évidence, quelqu'un était en ce moment même en train de l'épier, et ce constat réveilla tout à coup l'esprit combatif dans le cœur de l'homme assiégé. Levant bien haut la main droite, il l'abattit soudain sur la porte tout près du trou de la serrure dans un fracas retentissant qui, sur le voyeur accroupi, dut faire l'effet d'un coup de tonnerre au milieu d'un ciel limpide. Un hoquet de surprise suivi d'un choc sourd fut perceptible de derrière le panneau alors que l'indiscret de minuit se levait en titubant, épouvanté et pris de panique, comme l'attestait le galop qui retentit dans le couloir et les escaliers pour aller se perdre dans le silence du grand hall. Seulement cette fois, il semblait à Shorthouse qu'il n'y avait plus deux, mais quatre pieds.

Ayant rapidement remis le morceau de papier à son poste, il s'en retournait près du feu quand, par-dessus son épaule, il aperçut à l'extérieur une face blafarde pressée grossièrement contre la vitre. Ses traits étaient brouillés par le ruissellement du grésil, cependant le blanc de ses yeux mouvants ne laissait aucune place au doute. Le secrétaire pivota d'emblée sur ses talons pour lui faire front, mais le visage s'était retiré en un éclair et déjà les ténèbres se dépêchaient de combler le vide où il était apparut.

— *Surveillé des deux côtés*, se dit-il.

Néanmoins, aucune attaque surprise ne devait être menée à son encontre. Comme s'il n'avait rien vu d'anormal, il alla tranquillement se camper devant l'âtre, tisonna un moment les braises, avant de s'avancer d'un pas nonchalant jusqu'à la fenêtre. Prenant son courage à deux mains — courage qui vacilla un instant malgré lui — il ouvrit la porte-fenêtre et sortit sur le balcon. Aussitôt, le vent qu'il pensait retombé s'engouffra dans la pièce et éteignit une des chandelles, tandis qu'il recevait en pleine figure une rafale de pluie fine et gelée. Au début, il fut incapable de voir quoi que ce soit, les ténèbres s'agglutinant contre ses yeux tel un mur. Puis il s'aventura davantage sur le balcon, fit s'entrechoquer les battants de la porte-fenêtre derrière lui, et là, se tint immobile et attendit.

Mais rien ne le percuta. L'endroit paraissait désert. Ses yeux commençant à s'accoutumer à l'obscurité, il fut bientôt capable de distinguer la balustrade de fer, les sombres silhouettes des arbres au-delà, ainsi que la faible clarté filtrant de son autre fenêtre. À travers cette dernière, il jeta un coup d'œil à l'intérieur de la pièce, arpentant pour ce faire toute la longueur du balcon. Bien entendu, étant donné qu'il se tenait alors dans un rayon de lumière, quiconque se trouvait tapi dans les ténèbres en contrebas pouvait parfaitement l'apercevoir. *En contrebas ?* — L'idée qu'il pouvait y avoir quelqu'un *au-dessus* de lui ne l'ayant pas encore effleuré, au moment même où il s'apprêtait à regagner ses quartiers, il se rendit soudain compte que quelque chose se mouvait dans la pénombre au-dessus de sa tête. Levant le nez en brandissant instinctivement un bras protecteur, il vit alors une longue ligne noire se balancer contre le mur sombre de la maison. Les volets de la fenêtre qui surplombait la sienne, d'où elle pendait, étaient grands ouverts et battaient au gré du vent. Pas besoin d'être grand clerc pour deviner qu'il s'agissait d'une épaisse corde, que son propriétaire s'empressa de remonter alors qu'il demeurait là à la considérer, son extrémité disparaissant sous ses yeux dans l'obscurité.

Shorthouse, se mettant à siffloter pour lui-même, risqua un regard par-dessus la balustrade comme pour évaluer la hauteur qu'il aurait à sauter, rentra calmement dans sa chambre, et poussa la porte vitrée derrière lui, sans toutefois mettre le loquet de sorte que le moindre contact aurait pour effet de l'ouvrir. Ceci fait, il ralluma la bougie et avança une chaise à dossier droit vers la table, puis alla alimenter le foyer en charbon de bois et tisonna ce dernier jusqu'à obtenir une flambée digne d'un roi. Il aurait volontiers fermé les volets sur ces fenêtres qui le fixaient dans son dos, mais il n'en était pas question. Un tel geste aurait entravé son seul moyen d'évasion.

Pour l'heure, le sommeil n'était pas à son avantage. Le cerveau de Jim se trouvait alors en état d'ébullition et chacun de ses sens en alerte. Il avait l'impression que d'innombrables paires d'yeux étaient posées sur lui tandis que, des coins et recoins de la maison, des dizaines de mains tachées de sang se tendaient pour s'emparer de sa personne. Des silhouettes accroupies, celle de l'affreux domestique, le cernaient de toutes parts où qu'il trouvât refuge, rampant vers lui hors de l'ombre quand il ne regardait pas et battant en retraite, prestement et sans bruit, dès qu'il tournait la tête. Où qu'il portât son attention, d'autres prunelles rencontraient les siennes, et bien que ces apparitions se dissipassent sous son œil confiant, placide, il avait conscience qu'elles croîtraient en nombre et fondraient sur lui à l'instant où vacillerait son regard et fléchirait sa volonté.

En dépit du silence régnant, il savait qu'au cœur du bâtiment, on était en pleine manœuvre, et en pleins *préparatifs*. Et cette conviction, dans la mesure où elle se rappelait irrésistiblement à son bon souvenir à travers d'autres canaux plus subtils que ses sens ordinaires, suffisait à elle seule à nourrir en lui un sentiment d'horreur et le maintenir éveillé et sur le qui-vive.

Néanmoins, qu'importe l'intensité de la peur qui vous ronge, l'emprise du sommeil finira toujours par l'emporter. Contre l'état d'épuisement, nul ne peut lutter, et, tandis que s'égrainaient les minutes et que passait minuit, le jeune homme réalisa que l'état en question s'affirmait avec beaucoup de vigueur et que l'engourdissement commençait à le gagner en partant des extrémités.

Afin d'atténuer l'influence du danger, il sortit son crayon à papier et se mit à dessiner les meubles de la chambre. Il reproduisit avec force détails le placard, le manteau de la cheminée et le lit, et de là passa aux portraits. La nature l'ayant doté d'un véritable talent, il trouva l'occupation suffisamment captivante. Elle lui gardait le sang dans le cerveau et le maintenait éveillé. De plus, les peintures, maintenant qu'il prenait la peine de les examiner, s'avéraient d'une facture exceptionnelle. En raison du faible éclairage, il décida de concentrer son attention sur les tableaux près de l'âtre. À droite, prenait la pose une femme au visage doux et aimable parée d'une toilette d'un grand raffinement ; à gauche, était accroché le portrait grandeur nature d'un imposant et séduisant gaillard à la barbe fournie, vêtu d'un habit de chasse à l'ancienne mode.

De temps en temps, il tournait la tête en direction des fenêtres derrière lui, sans jamais revoir le visage. Plus d'une fois, il se rendit également à la porte pour écouter, mais il régnait dans la maison un si profond silence qu'il en vint peu à peu à penser que le plan d'attaque avait été ajourné. En une seule occasion il sortit sur le balcon, cependant le grésil qui lui criblait le visage le contraignit à exercer un repli stratégique en lui laissant juste le temps de constater que les volets du dessus étaient fermés.

Ainsi passèrent les heures. Le feu finit par mourir et le froid s'immisça dans la pièce. Shorthouse avait réalisé plusieurs croquis de chaque portrait et sentait à présent le gagner une irrésistible envie de dormir. Ses pieds et ses mains étaient gelés et ses bâillements prodigieux. Il semblait s'être écoulé des siècles depuis qu'on l'avait espionné. Un sentiment de sécurité l'avait depuis curieusement envahi. En réalité, il était simplement exténué. Il n'avait qu'un seul désir : se laisser choir sur le doux lit blanc et s'abandonner au sommeil sans plus lutter.

Il se leva de sa chaise, pris d'une succession de bâillements qui refusaient de se laisser étouffer, et regarda sa montre. L'aiguille approchait des trois heures du matin. Il décida alors d'aller s'étendre tout habillé pour prendre un peu de repos. L'endroit s'avérait suffisamment sûr, après tout, entre la porte verrouillée de l'intérieur et le loquet de la fenêtre tiré. Posant sa mallette sur la table de chevet près de son oreiller, il souffla les bougies et s'écroula avec une délicieuse et insouciante sensation d'épuisement sur le moelleux matelas. Cinq minutes plus tard, il dormait comme une souche.

Les rêves avaient à peine eu le temps de venir le visiter qu'il se retrouva, couché sur le côté en travers du lit, les yeux grands ouverts à fixer les ténèbres. Quelqu'un venait de le toucher. Il s'en était écarté en se recroquevillant dans son sommeil ainsi qu'il l'aurait fait d'une chose impie, et c'est ce mouvement qui l'avait réveillé.

Il faisait dans la chambre noir comme dans un four. Pas une lumière ne filtrait des fenêtres et le feu s'avérait aussi éteint que si l'on y avait jeté de l'eau. Il regardait présentement à travers un drap de ténèbres impénétrables, tendu tout près de son visage tel un mur.

Sa première pensée allant vers les papiers cachés dans son manteau, il porta aussitôt la main à sa poche. Ils étaient toujours là, en sécurité ; et le soulagement que provoqua en lui cette découverte laissa son esprit libre de se consacrer à d'autres réflexions.

Ce qui le frappa tout d'abord, non sans une pointe de consternation, fut que pendant qu'il dormait, un net *changement* s'était opéré dans la pièce. Il le sentait avec cette certitude intuitive qui confine au véritable savoir. L'endroit baignait alors dans un parfait silence, pourtant, la prompte confirmation de ses craintes sembla d'un coup emplir les ténèbres d'une vie secrète, chuchotante, qui lui gela le sang dans les veines et octroya au drap pressé contre sa joue un froid pareil à de la glace.

Écoutez ! Ça y était ! Là-bas, le murmure étouffé de quelque chose montant indistinctement des tréfonds de la maison parvenait à ses oreilles qui bourdonnaient déjà de clameurs d'avertissements, sans avoir pour cela besoin de traverser ni portes ni murs. Il paraissait n'exister aucune surface solide entre lui, étendu là sur le lit, et le palier ; entre le palier et l'escalier, entre l'escalier et le hall en contrebas.

Il savait que la porte de la chambre *était ouverte* ! Par conséquent, elle devait l'avoir été *de l'intérieur*. Or, la fenêtre était verrouillée, elle aussi de son côté.

À peine cette conclusion s'imposa-t-elle à lui que le silence conspirateur du moment fut brisé par un autre bruit plus défini. Des pas étaient en train de remonter le couloir. Une contusion au niveau de la hanche lui rappela soudain que le pistolet dans sa poche était prêt à servir et, le dégainant rapidement, le jeune homme l'arma. Il eut ensuite juste le temps de se laisser glisser au bas du matelas et de s'accroupir sur le sol avant que l'individu ne s'immobilisât devant sa chambre. Le lit se situait donc entre lui et la porte ouverte, et la fenêtre dans son dos.

Tapi ainsi dans les ténèbres, il ne lui restait plus qu'à patienter. Ce qu'il trouvait bizarre à propos de ces pas, c'est qu'ils ne révélaient aucun désir particulier de se montrer discrets. Ils ne faisaient nullement preuve d'une extrême prudence. Ils se déplaçaient d'une manière plutôt glissante, qui évoquait au secrétaire des pantoufles à semelles douces ou des pieds en chaussettes. Il y avait quelque chose de gauche, irréfléchi, presque imprudent dans leur façon de se mouvoir.

L'espace d'une seconde, ils marquèrent un temps d'arrêt sur le seuil, mais une seconde seulement. Presque immédiatement, ils s'engouffrèrent dans la chambre, et lorsqu'ils passèrent du parquet au tapis, ils devinrent — au grand dam de Shorthouse — parfaitement silencieux. Ce dernier attendait à présent avec appréhension, ignorant si le marcheur invisible se trouvait de l'autre côté de la pièce ou tout près de lui. Bientôt, il se redressa et tendit le bras gauche devant lui, tâtonnant, cherchant, palpant en arc de cercle ; et derrière ce bras il brandit le pistolet dans sa main droite, l'arma et le pointa devant lui. Tandis qu'il se levait, un os de son genou émit un craquement, ses vêtements bruissèrent comme du papier journal, et sa respiration lui sembla assez lourde pour être entendue de tous côtés. Mais aucun son ne vint trahir la position de l'invisible intrus.

Puis, juste au moment où la tension devenait insoutenable, un bruit vint rompre soudain le silence oppressant, celui du bois cognant contre le bois, qui provenait du coin le plus reculé de la pièce. Les pas s'étaient donc avancés jusqu'à la cheminée. Un glissement s'ensuivit presque aussitôt, puis le silence se referma à nouveau sur toutes choses tel un cercueil.

Pendant cinq autres minutes, Shorthouse attendit, jusqu'à ce que le suspense devînt insupportable. Il ne pouvait souffrir cette porte ouverte ! Les bougies se trouvant à sa portée, il craqua une allumette et les alluma une à une, s'attendant dans l'éblouissement qui suivit à recevoir, dans le meilleur des cas, un terrible coup de poing. Mais rien ne se passa, et il vit sur-le-champ que la pièce était totalement déserte. S'approchant l'arme au poing, il jeta un œil aux ténèbres du couloir avant de refermer la porte et tourner la clé. Ensuite, il se mit à fouiller la chambre — le lit, le placard, la table, les rideaux, tout ce qui aurait pu dissimuler un homme ; mais ne trouva aucune trace de l'intrus. Le propriétaire des bruits de pas s'était évaporé comme un fantôme parmi les ombres de la nuit. Sans un détail en particulier, il aurait pu imaginer avoir rêvé, mais le fait est que *la mallette avait disparu* !

Plus question pour Shorthouse de dormir cette nuit-là. Sa montre indiquant quatre heures du matin, il restait encore trois heures avant l'aube. Il s'assit à la table et reprit ses croquis. Redoublant de détermination, il continua ses dessins et commença une nouvelle esquisse — un plan rapproché de la tête du chasseur. Il y avait quelque chose dans l'expression de ce dernier qui persistait à lui échapper et qu'il échouait à reproduire. Cette fois, il lui semblait que le problème venait de son regard. Il tendit son crayon à bout de bras afin de mesurer la distance entre le nez et les yeux, et découvrit avec stupeur qu'un changement s'était opéré sur les traits de son modèle. Ses paupières n'étaient plus ouvertes. *Elles s'étaient refermées* !

L'espace d'une seconde, il demeura figé dans une sorte d'ébahissement. Une simple poussée aurait suffi à le faire basculer. Puis, bondissant sur ses pieds, il alla brandir une bougie tout près du tableau. Les paupières frémirent, les cils tremblèrent. Alors, juste sous son nez, les yeux s'ouvrirent et regardèrent droit dans les siens. Deux trous étaient pratiqués dans le panneau et cette paire d'yeux, d'yeux humains, s'encastraient parfaitement à l'intérieur.

Comme par magie, la peur intense qui l'avait gouverné depuis qu'il avait mis les pieds dans cette maison s'évanouit d'un seul coup. Une bouffée de colère l'envahit et son sang gelé atteignit subitement le degré d'ébullition. Reposant la chandelle, il recula de deux pas et se jeta de tout son poids sur le panneau de bois peint. Instantanément, et bien avant que ne survînt la collision, les yeux s'esquivèrent, laissant derrière eux deux trous béants. Le vieux chasseur n'avait pas d'yeux. Le tableau se fissura et se fendit en deux vers l'intérieur telle une feuille de carton fin. Shorthouse, pistolet au poing, plongea un bras dans l'ouverture déchiquetée et, s'emparant d'une jambe humaine, la tira dans la pièce — c'était le majordome !

Les mots se ruèrent en un tel torrent sur ses lèvres qu'il s'étouffa avec. Le vieux Juif, blanc comme de la craie, se tenait devant lui tremblant de tous ses membres, le canon brillant du révolver pointé entre les deux yeux, quand une bouffée d'air froid s'engouffra dans la chambre, et avec elle un bruit de pas précipités. Le secrétaire sentit qu'on lui déviait le bras avant qu'il n'ait le temps de se retourner, et Garvey, qui était mystérieusement parvenu à forcer la fenêtre, s'interposa entre lui et un Marx terrifié. Ses lèvres étaient entrouvertes et ses globes oculaires roulaient de façon singulière au milieu de son visage déformé.

— Ne tirez pas sur lui ! Tirez en l'air ! cria-t-il, saisissant le Juif par les épaules. Et toi, maudite crapule ! rugit-il en lui postillonnant au visage, enfin je te tiens. C'est là que se trouve ton repère, n'est-ce pas ? Je connais ta vile cachette, en fin de compte.

Il secoua son serviteur comme un chien. Puis, se tournant vers Shorthouse :

— Je l'ai poursuivi toute la nuit, s'exclama-t-il, toute la nuit, je vous dis, et je suis finalement parvenu à lui mettre la main dessus.

Garvey avait retroussé sa lèvre supérieure tandis qu'il s'exprimait, découvrant une rangée de dents. Elles luisaient tels les crocs d'un loup. Le majordome les avait de tout évidence lui aussi remarquées, car il poussa un hurlement horrible et se mit à se débattre comme un beau diable.

Devant les yeux du secrétaire, une brume parut se lever. À nouveau, l'ombre hideuse fit surface sur le visage de son hôte. Anticipant une terrible lutte, il braqua son pistolet sur les deux hommes avant de reculer lentement jusqu'à la porte. Qu'ils fussent tous deux des fous échappés de l'asile ou des criminels, il ne s'arrêta pas pour leur demander. La seule pensée présente dans son esprit était que plus tôt il déguerpirait, mieux ce serait.

Garvey était toujours en train de secouer le Juif quand il atteignit la porte et tourna la clé, mais comme il sortait dans le couloir, les deux adversaires interrompirent soudain leur lutte et se retournèrent pour lui faire face. Le visage du maître de maison bestial, répugnant, livide de colère ; celui du domestique blanc et gris de peur et d'horreur — tous deux se tournèrent vers lui et s'unirent dans un rugissement sauvage qui éveilla les échos de la nuit. L'instant d'après, ils fondaient sur lui à bras raccourcis.

Shorthouse leur claqua la porte au nez et se retrouva tapi dans l'ombre au bas de l'escalier avant qu'ils aient le temps d'atteindre le palier. Ses poursuivants dégringolèrent les marches en hurlant, le dépassèrent à fond de train et s'engouffrèrent dans le grand hall ; mais passé totalement inaperçu, le fugitif s'empressa de remonter à l'étage, traversa la chambre et se laissa tomber du haut du balcon dans la neige moelleuse en contrebas.

Alors qu'il dévalait l'allée, il percevait encore derrière lui les hurlements des fous à l'intérieur de la maison ; et, quand plusieurs heures plus tard, il fut enfin rentré chez lui, M. Sidebotham lui accorda non seulement une augmentation de salaire, mais l'envoya également s'acheter un nouveau manteau et un nouveau chapeau, avec ordre de lui porter la note.

ET AUTRES NOUVELLES

Une Victime de la Quatrième Dimension

Un cas pour John Silence

— Y'a un gentleman extraordinaire qui veut vous voir, Monsieur, annonça le nouveau domestique.

— Pourquoi « extraordinaire » ? demanda le Dr Silence en retirant ses doigts fins de sa barbe brune. Ses yeux pétillaient plaisamment.

— Pourquoi donc « extraordinaire », Barker ? répéta-t-il d'un ton engageant en remarquant la perplexité qui se lisait dans le regard de son employé.

— Il est si... si maigre, Monsieur. C'est tout juste si je pouvais le voir... au début. Il était à l'intérieur de la maison avant même que je puisse lui demander son nom, ajouta-t-il en se remémorant les ordres stricts qui lui avaient été donnés.

— Et qui l'a conduit jusqu'ici ?

— Il est venu seul, Monsieur, dans un cab fermé. Il s'est forcé un passage sans me laisser le temps d'ouvrir la bouche... et sans faire le moindre bruit. Il semblait se mouvoir d'un pas si léger qu'on aurait dit...

L'homme s'interrompit brusquement, visiblement embarrassé, comme s'il en avait déjà suffisamment révélé pour compromettre sa nouvelle situation, tout en s'efforçant de démontrer qu'il se souvenait parfaitement des consignes et avertissements qu'il avait reçus quant à l'admission d'étrangers non préalablement identifiés.

— Et, où se trouve ce gentleman en ce moment ? s'enquit le Dr Silence en se détournant afin de dissimuler son amusement.

— Je serais bien en peine de dire où exactement, Monsieur. Je l'ai laissé planté dans l'entrée...

Le médecin leva brusquement les yeux.

— Mais pourquoi dans l'entrée, Barker ? Pourquoi pas dans la salle d'attente ?

Il fixa un regard perçant quoique bienveillant sur le visage de son domestique.

— Vous a-t-il fait peur ? demanda-t-il rapidement.

— Je crois bien que oui, Monsieur, si je puis dire. J'avais l'impression de le perdre de vue comme s'il s'agissait... balbutia Barker, manifestement convaincu à cette heure qu'il allait prendre la porte. Il est entré d'une si drôle de façon, pareil à un courant d'air, ajouta-t-il hardiment en se mettant au garde-à-vous et regardant son maître bien en face.

Le médecin prit note par-devers lui de cette description hésitante ; il constatait avec plaisir que les légers signes d'intuition psychique qui l'avaient poussé à embaucher Barker n'avaient pas totalement échoué à la première épreuve. Le Dr Silence recherchait en effet cette qualification chez tous ses assistants, du secrétaire au simple employé de maison, et si, de fait, la société qui gravitait autour de lui s'avérait quelque peu singulière, les inconvénients qui en découlaient se voyaient, dans l'ensemble, largement compensés par leurs occasionnels éclairs de clairvoyance.

— Ainsi, la proximité de ce gentleman vous a mis mal à l'aise ?

— C'est ce que je crois, Monsieur, répéta Barker, impassible.

— Et il ne m'a apporté aucun message d'introduction, ni lettre ni quoi que ce soit ? s'enquit le médecin en feignant la surprise, comme s'il savait à quoi s'attendre.

Le domestique se mit à fourrager à la fois dans sa tête et dans ses poches, et, enfin, produisit une lettre.

— Je vous demande pardon, Monsieur, bredouilla-t-il, au comble de la confusion, le gentleman m'a remis ceci pour vous.

Il s'agissait d'un billet écrit de la main d'un ami perspicace, qui ne lui avait jamais envoyé de cas qui ne fût d'un intérêt vital, d'une façon ou d'une autre.

« Acceptez s'il vous plaît de recevoir le porteur de cette lettre, disait le bref message, bien que je doute que vous-même puissiez grand-chose pour lui. »

Un instant, John Silence demeura méditatif, afin de soutirer de l'esprit de leur auteur tout ce que sous-entendaient ces quelques mots.

Enfin, il leva vers son serviteur un visage devenu soudainement grave.

— Retournez auprès de ce gentleman, ordonna-t-il, et conduisez-le au bureau vert. Ne répondez pas à ses questions, et ne parlez pas plus qu'il n'est strictement nécessaire ; mais pensez à des choses aimables, utiles, et sympathiques aussi fort que vous le pouvez, Barker. Vous vous souvenez de ce que je vous ai dit à propos de l'importance de penser, quand je vous ai engagé. Chassez toute curiosité de votre esprit, et chargez vos pensées de gentillesse, de sympathie, d'affection, si vous le pouvez.

Il acheva ses conseils d'un sourire, et Barker, qui avait retrouvé son sang-froid en présence du médecin, s'inclina silencieusement et sortit.

La maison du Dr Silence disposait de deux cabinets de consultation. L'une (réservée à ceux qui s'imaginaient avoir besoin d'une assistance spirituelle alors que, franchement, ils étaient simplement bons pour l'asile) avait des murs capitonnés, tout en étant pourvue d'une large panoplie d'ustensiles camouflés au moyen desquels une soudaine crise de violence pouvait être instantanément neutralisée. On y avait, toutefois, rarement recours. L'autre, destinée à recevoir les cas authentiques de détresse spirituelle et d'afflictions insolites de nature psychique, était entièrement tendue et meublée dans des tons d'un apaisant vert foncé, afin d'inciter l'esprit au calme et au repos. C'était dans cette pièce que le Dr Silence s'entretenait avec la plupart de ses patients « bizarres », et dans laquelle il avait sommé Barker de conduire son actuel visiteur.

Pour commencer, le fauteuil dans lequel le malade se voyait immanquablement invité à prendre place était cloué au plancher, attendu que son caractère inamovible avait tendance à se transmettre à son occupant. Les patients devenaient en effet de plus en plus agités à mesure qu'ils s'épanchaient, ce qui ne faisait que brouiller leurs pensées et exagérer leurs propos. L'inflexibilité du fauteuil aidait à résoudre ce problème. Après de multiples et veines tentatives de le tirer en avant ou le pousser en arrière, ils finissaient par se résoudre à se tenir tranquilles. Ainsi, devant la futilité de s'escrimer sur leur siège, leur esprit pouvait aspirer à une certaine sérénité.

Sur le plancher et le mur auquel le fauteuil tournait le dos, étaient disposés à intervalles réguliers de minuscules boutons verts, quasi indétectables, dont l'enclenchement libérait autour du patient un gaz tranquillisant absolument invisible. Les effets de ce narcotique se voulaient rapides, remarquablement efficaces, et sans danger aucun. Le cabinet vert était de plus pourvu d'un judas, car John Silence se plaisait, quand la situation le permettait, à observer le visage de son patient avant que celui-ci ne revêtît ce masque dont tout un chacun se pare invariablement dès qu'il se trouve en présence d'autrui. Un homme assis tout seul dévoile une expression psychique, et cette expression se révèle être l'homme lui-même. Elle disparaît aussitôt qu'une autre personne se joint à lui. Et le Dr Silence avait souvent tiré davantage de renseignements de ces quelques instants de secrètes observations d'un visage humain que d'heures entières passées ensuite à discuter avec son propriétaire.

Un pas léger comme l'air, presque dansant, suivit celui pesant de Barker en direction de la salle verte, et l'instant suivant le domestique entra pour informer son maître que le gentleman attendait. Sa pâleur ne l'avait pas quitté et ses manières trahissaient sa nervosité.

— Ne vous inquiétez pas, Barker, le docteur le rassura-t-il gentiment, si vous n'aviez pas été médium, cet homme ne vous aurait fait absolument aucun effet. Vous avez seulement besoin d'entraîner et de développer vos dons. Et lorsque vous aurez appris à mieux interpréter ces sentiments et ces sensations, vous n'en nourrirez plus aucune peur, mais une immense sympathie.

— Oui, Monsieur ! Merci, Monsieur !

Sur ces mots, Barker s'inclina et prit ses jambes à son coup, tandis que le Dr Silence, un sourire amusé persistant aux coins des lèvres, s'engageait dans le couloir à pas feutrés, avant de coller son œil au judas de la porte du cabinet vert.

Ce petit trou était placé de telle sorte qu'il offrait une vue presque globale de la pièce, et, en regardant à travers, le docteur aperçut un chapeau, des gants, ainsi qu'un parapluie posés sur un siège près de la table, mais chercha en vain leur propriétaire.

Les fenêtres étaient fermées toutes les deux et un feu vif brûlait dans l'âtre. Certains signes — intelligibles du moins pour un esprit hautement intuitif — tendaient à démontrer que les lieux s'avéraient occupés, pourtant ils étaient de toute évidence vides de toute présence humaine, absolument vides. Il n'y avait personne dans les fauteuils, personne sur le tapis devant la cheminée ; rien n'indiquait même qu'un patient fût dans un angle mort près du mur, en train d'examiner les reproductions de Böcklin[2] — comme beaucoup le faisaient si souvent quand ils se croyaient seuls — et de fait, assez difficile à repérer. Vulgairement parlant, il n'y avait personne là-dedans. C'était indéniable.

Pourtant, le Dr Silence avait pleinement conscience d'une présence humaine dans son cabinet. Il y *avait* quelqu'un. Son mécanisme psychique ne lui

---

2 Arnold Böcklin (1827-1901), peintre symboliste suisse.

avait jamais fait défaut à proximité d'un être incarné ou désincarné. Fut-ce dans l'obscurité totale. Et à présent, il ne faisait aucun doute que son patient — celui-là même qui avait effrayé Baker et l'avait suivi le long du corridor de ce pas dansant — se trouvait caché quelque part entre ces quatre murs sous la domination de son judas. Il réalisa également, ce qui s'avérait plus inhabituel, que cet individu qu'il désirait tant observer se savait épié. Et, pis encore, que l'étranger lui-même le regardait aussi ! Qu'en fait, c'était lui, le médecin, qui faisait l'objet d'un examen visuel... et de la part d'une personne à l'esprit aussi vif et entraîné que le sien.

Il commençait à entrevoir la véritable nature du cas qui lui était soumis, aussi, la main déjà posée sur la poignée de la porte, s'apprêtait-il à entrer, lorsque son œil toujours collé au judas détecta un léger mouvement. Directement à l'opposé de la pièce, quelque part entre lui et la cheminée, quelque chose s'agitait. Il redoubla d'attention afin de s'assurer que ses yeux ne lui jouaient pas des tours. Un objet sur le manteau en marbre — un vase bleu — disparut tout à coup. Évanoui également l'emplacement de la cheminée où il était posé. Puis ce fut au tour du foyer, du brasier, et du garde-feu en laiton qui se trouvaient immédiatement en dessous de subir le même sort, comme si on en avait prélevé une tranche.

Le Dr Silence comprit alors que quelque chose situé entre lui et ces objets étaient en train de lentement prendre forme, et que ce quelque chose les dissimulait et obstruait sa vision en s'interposant entre eux.

Il choisit d'attendre sagement la suite des événements avant de faire son entrée.

Tout d'abord, il vit se dessiner une ligne étroite perpendiculairement au sol, du dessus de l'horloge au tapis de laine devant l'âtre. Elle se mit ensuite à s'élargir, devint solide. Il ne s'agissait pas d'une ombre, elle était faite de matière. Cependant, la ligne continuait de gagner en netteté. Puis, à son point culminant, à peu près à hauteur du cadran de la pendule, le docteur aperçut soudain un disque lumineux, qui le considérait sans ciller. C'était un œil humain, qui lui rendait regard pour regard, lui dont l'orbite n'avait pas bougé du judas. Et ce globe oculaire brillait d'intelligence. Le Dr Silence dut retenir son souffle un instant avant de revenir à son poste d'observation.

Alors, comme passant de l'ombre à la lumière, la silhouette d'un homme pénétra latéralement dans son champ de vision, un visage suivit bientôt l'œil unique, et la ligne verticale qu'il avait décelée en premier gagna en épaisseur et se développa jusqu'à prendre forme humaine. Il s'agissait donc de son patient. Il s'était apparemment tenu là, devant la cheminée, durant tout ce temps. Un second œil avait rejoint le premier, et tous deux fixaient tranquillement le judas avec beaucoup de concentration. Et pourtant on y distinguait un léger pétillement d'humour et d'amusement qui rendait pour le docteur le maintien de sa position actuelle impossible.

Il ouvrit la porte et entra en coup de vent. Ce faisant, il capta pour la première fois les échos d'un orchestre allemand qui s'invitaient joyeusement dans son cabinet à travers les bouches d'aération ouvertes. D'une façon intuitive et inexplicable, cette musique s'accordait à merveille avec le patient qu'il était sur le point d'interroger. Ce genre de prémonition ne lui était nullement étranger. Il finissait toujours par trouver une signification après coup.

L'homme en question était entre deux âges et d'apparence très ordinaire, si ordinaire, en fait, qu'on aurait eu grand peine à le décrire ; son seul signe distinctif s'avérant son extrême maigreur. D'agréables — c'est-à-dire bonnes — vibrations émanaient de sa personne et venaient à la rencontre du Dr Silence tandis que ce dernier s'avançait pour le saluer. Pourtant ces vibrations étaient alimentées par des flux magnétiques contradictoires, qui trahissaient le trouble et le désordre de son esprit et de son cerveau. Il y avait manifestement quelque chose de tout à fait singulier qui agitait ses pensées. Toutefois, bien qu'étrange, ce n'était pas complètement dérangeant ; cela n'avait rien à voir avec cette impression de fêlure et de violence que produit le fou sur l'esprit. Le Dr Silence réalisa subitement qu'il avait devant lui un cas passionnant qui pourrait requérir toutes ses facultés afin d'être correctement traité.

— J'étais en train de vous observer à travers mon petit œil magique... comme vous l'avez remarqué, dit-il en guise de préambule, en s'avançant pour lui serrer la main, un aimable sourire aux lèvres. Il s'avère de la plus grande utilité, parfois...

Mais son patient l'interrompit sur-le-champ. Il s'exprimait d'une voix précipitée aux modulations bizarres et stridentes, passant du grave à l'aigu d'une manière inattendue, la voix de stentor faisant place au couinement du mulot.

— Je comprends tout à fait sans avoir besoin d'explications, coupa-t-il rapidement, par ce biais, vous parvenez à saisir le vrai visage d'un homme, alors qu'il se croit non surveillé. Je ne peux qu'approuver. Seulement, dans mon cas, j'en ai peur, vous en avez vu très peu. Mon problème, comme vous l'avez sûrement remarqué, Dr Silence, est extrêmement bizarre, bizarre et gênant. En fait, si Sir William ne m'avait pas absolument assuré...

— Mon ami vous a recommandé à moi, l'interrompit le docteur avec gravité, une pointe d'autorité perçant dans la voix ; et cela s'avère plus que suffisant. Asseyez-vous, s'il vous plaît, Monsieur... ?

— Mudge... Racine Mudge, répondit l'autre.

— Installez-vous confortablement dans celui-ci, M. Mudge, reprit-il en conduisant son client au fauteuil scellé, et décrivez-moi votre état à votre façon et à votre rythme. Ma journée entière est à votre disposition s'il le faut.

M. Mudge s'approcha du siège en question, puis hésita.

— Vous me promettrez de ne pas actionner les boutons de narcotique, fit-il avant de s'asseoir, je n'en ai pas besoin. Je me dois également de vous prévenir que vos pensées les plus vives se communiqueront à mon esprit. Cela fait apparemment partie de mes symptômes.

Il prit place dans le fauteuil en soupirant, essayant de trouver une position confortable pour sa maigre carcasse et ses jambes grêles. Son extrême réceptivité aux pensées d'autrui n'était pas à mettre en doute, car l'image des fameux boutons verts n'avait traversé l'esprit du docteur que l'espace d'une seconde, pourtant l'autre l'avait instantanément saisie au vol. John Silence remarqua également que les mains de M. Mudge s'accrochaient fermement aux bras de son fauteuil.

— Je suis bien content que mon siège soit fixé au plancher, commenta-t-il en se mettant à l'aise. Cela me convient à merveille. Pour faire court, et c'est tout ce qui devrait suffire à un médecin aussi extraordinairement expérimenté que vous, je suis, Dr

Silence, une victime de l'hyperespace[3]. Voilà ce qui ne va pas chez moi... l'hyperespace.

Les deux hommes s'entre-regardèrent un moment en silence, le petit patient se cramponnant aux accoudoirs du fauteuil qui « lui convenait à merveille », levant des yeux d'une fixité absolue, son aura tremblant sous l'effet de quelque activité inconnue ; tandis que le médecin lui souriait avec affabilité et se mettait, autant que faire se pouvait, dans les mêmes conditions mentales que son client.

— L'hyperespace, répéta M. Mudge, voilà ce que c'est. À présent, pensez-vous pouvoir tirer quelque chose de *ça* ?

Il y eut un flottement au cours duquel les yeux des deux hommes s'immergèrent sous la surface de leurs personnalités respectives. Enfin, le médecin prit la parole.

— Je suis absolument certain de pouvoir vous aider, répondit-il posément. La compassion doit toujours mener au réconfort, et la souffrance a toujours toute ma compassion. Je vois que vous avez cruellement souffert. Vous devez tout me dire de votre cas, et lorsque j'aurai pris connaissance des phases successives qui vous ont conduit à cet étrange état, je

---

[3] Hyperespace : Le terme hyperespace désigne ici un espace euclidien de plus de trois dimensions et non le système de transport fictif des récits de science-fiction.

ne doute pas d'être en mesure de vous prêter assistance.

Sur ces mots, il tira une chaise devant son interlocuteur, posa une main sur son épaule, et maintint la position quelques instants. Tout son être irradiait de bonté, d'intelligence et de désir d'aider autrui.

— Par exemple, poursuivit-il, je suis sûr que le fait que vous vous soyez ainsi accoutumé aux affres de ce que vous nommez « hyperespace » n'est pas le fruit d'un simple hasard ; car l'hyperespace n'est pas une dimension purement extérieure. Il s'agit, bien entendu, d'un niveau et d'une condition spirituels, d'un développement intérieur, que nous sommes forcés de reconnaître comme anormal, car il se trouve hors de portée du monde au stade actuel de l'évolution. L'hyperespace est un état mythique.

— Oh ! s'écria l'autre en frottant ses mains d'oiseau de contentement, quel soulagement de pouvoir enfin parler à quelqu'un qui vous comprend ! Ce que vous dites est bien entendu la pure vérité. Et vous avez raison de penser que je ne me suis pas retrouvé dans cet état par hasard. Ma présente condition s'avère l'aboutissement d'études prolongées et délibérées. Pourtant, c'est le hasard qui dans un sens la gouverne à présent. Ce que je veux dire, c'est que mon basculement dans l'hyperespace semble dépendre de telle ou telle circonstance. Par exemple, quelques notes de cet orchestre allemand suffisent pour m'y expédier. Toutes les musiques ne me font pas cet effet, mais certains sons, certaines vibrations m'ajustent immédiatement au bon niveau, et me voilà parti. Wagner marche à tous les coups, et ces musiciens allemands devaient être en train d'en jouer quelques extraits. Mais je reviendrai sur tout ceci plus tard. Pour l'heure, je dois vous demander de bien vouloir dire à votre domestique de retirer son œil du judas.

John Silence leva les yeux en tressaillant, car M. Mudge tournait alors le dos à la porte, et son cabinet se voulait dépourvu de miroir. Avisant l'œil brun de Barker collé au petit cercle de verre, il traversa la pièce sans un mot et rabattit d'un geste sec l'obturateur noir prévu à cet effet, avant d'entendre l'indiscret renifler quelque part au fond du couloir.

— Maintenant, reprit le petit bonhomme dans le fauteuil, je peux commencer. Vous êtes parvenu à me mettre totalement à l'aise, et je me sens capable de tout vous raconter sans honte ni réserve. Vous allez comprendre. Mais vous devrez être patient avec moi si je m'enfonce dans des détails qui vous sont déjà familiers — des détails sur l'hyperespace, je veux dire — et si j'ai l'air idiot lorsque je m'efforce de décrire des choses qui transcendent le pouvoir du langage et sont par conséquent réellement indescriptibles.

— Mon cher ami, répondit calmement le docteur, cela va de soi. Tutoyer l'hyperespace s'avère une expérience qui défit toute description, qui vous oblige à faire appel à des métaphores plus ou moins intelligibles. Mais, je vous en prie, continuez. La vivacité de vos pensées m'en apprendra davantage que votre langage hésitant.

Un immense soupir de soulagement s'échappa de la petite forme à moitié noyée dans les abysses de son fauteuil. Le fait que l'on s'accommodât ainsi de ses problèmes avec tant d'intelligence et de compassion était nouveau pour lui, et cela le touchait au plus profond de son être. Il se renversa dans son siège, relâcha sa prise sur les accoudoirs, et commença son histoire de sa voix fluette et chantante.

— Ma mère était française, et mon père un marinier de l'Essex, dit-il sèchement. D'où mon nom, Racine et Mudge. Mon père mourut sans me laisser le temps de le rencontrer. Ma mère hérita un jour d'une forte somme d'argent de sa famille bordelaise, mais lorsqu'elle s'éteignit à son tour peu de temps après, je me retrouvai seul au monde avec une fortune sur les bras et une bien étrange liberté. Je n'avais ni tuteur, ni curateur, ni frères et soeurs, bref, personne ici-bas pour veiller sur moi. Je grandis par conséquent sans la moindre éducation, à mon plus grand avantage. Je n'eus pas en effet à apprendre toutes ces inepties erronées dont on vous bourre le crâne à l'école, et, de fait, n'eus rien à désapprendre quand je m'éveillai à l'amour de ma vie : les mathématiques et la géométrie supérieurs. Toutefois, mes facultés dans ces deux domaines semblaient purement instinctives. C'était comme me rappeler de choses que j'avais intensément étudiées auparavant. Les fondamentaux coulaient déjà dans mes veines, aussi me contentai-je de franchir sans m'attarder les étapes élémentaires, puis supérieures. Je fis de même pour la géométrie. Lorsqu'après coup, je compulsai les ouvrages spécialisés sur ces questions, je me rendis compte de la rapidité à laquelle le savoir m'était revenu, sans aucun détour. Il s'agissait ni plus ni moins de souvenirs. Je ne faisais que me *rappeler* de ce que j'avais su sur le bout des doigts dans une existence antérieure, et qui rendait tout livre d'études inutile.

Dans son émotion croissante, M. Mudge tenta de tirer son fauteuil vers l'avant afin de se rapprocher de son auditeur, mais, un pâle sourire aux lèvres, se reprit sur-le-champ face à son inamovibilité. Résigné, il se replongea dans le récital de sa singulière *maladie*.

— Les spéculations audacieuses de Bolyai, les incroyables théories de Gauss qui veulent que *par un point passe une infinité de parallèles à une droite donnée* ; la possibilité que la somme des angles d'un triangle soit supérieure à 180°, à condition qu'ils soient dotés d'une immense courbure ; les époustouflantes intuitions de Beltrami et

Lobatchevski[4]... Je parcourus tous ces concepts à une vitesse folle et finis par émerger, pantelant et insatisfait, aux frontières de mon... de mon nouveau monde, mon hyperespace et le potentiel qu'il renfermait... En un mot, ma maladie !

» Comment suis-je arrivé là-bas, reprit-il après s'être interrompu un instant, au cours duquel il parut écouter attentivement un bruit qui se rapprochait, vous me voyez incapable de le transcrire intelligemment par des mots. Je ne peux qu'espérer parvenir à vous transmettre une impression générale des possibilités que suggèrent mes propos.

» À partir de là, toutefois, les choses changèrent. À ce stade, je ne me contentais plus de récolter les fruits de mes travaux passés, je devais tout apprendre de zéro. Je progressais à un rythme de tortue et au prix d'un terrible labeur. Mes travaux portaient alors sur les théories et spéculations d'autres chercheurs, mais les livres sur le sujet se faisaient rares, et je ne trouvais personne pour me guider ou me venir en aide. Personne, à l'exception d'un seul homme — un « rêveur », comme le monde l'appelait — dont

---

4 Carl Friedrich Gauss (1777-1855), mathématicien, astronome et physicien allemand, Nikolaï Ivanovitch Lobatchevski (1792-1856), mathématicien russe, János Bolyai (1802-1860), mathématicien hongrois, et Eugenio Beltrami (1835-1900), mathématicien et physicien italien, sont tous les quatre de grands noms de la géométrie non euclidienne.

l'audace et la perspicacité me stupéfiaient et m'émerveillaient au-delà de toute description.

» Vous devez, je n'en doute pas, entrevoir où doit nous conduire mon discours hésitant, bien que vous ne soyez peut-être pas encore à même de mesurer la profondeur des tourments engendrés, dans mon cœur, par mes nouvelles connaissances, ni de comprendre pourquoi la découverte d'un nouveau développement de l'espace se révèlerait source d'agonie et de terreur.

M. Racine Mudge, se souvenant de son fauteuil réfractaire à tout déplacement, et dans son désir de se rapprocher à tout prix du gentleman attentif qui lui faisait face, mit en pratique la seule manœuvre qu'il lui était possible d'effectuer. Il s'avança tout au bord du coussin, jambes croisées, gesticulant des deux bras comme s'il entrevoyait ce nouvel espace qu'il tentait de décrire, et risquait à tout moment d'y tomber tête la première de l'extrémité de son siège et disparaître. John Silence, que trois pas séparaient de lui, gardait les yeux fixés sur son maigre visage de cire, décortiquant chaque mot et ne perdant pas une miette de son langage corporel.

— Cette pièce où nous sommes assis, Dr Silence, possède un côté ouvert sur l'espace… sur l'hyperespace. Une boîte fermée ne l'est que *d'apparence*. Il existe un moyen d'entrer et de sortir d'une bulle de savon sans la faire éclater.

— Vous ne m'apprenez rien de nouveau, répliqua doucement le docteur.

— Donc, si l'hyperespace existe bel et bien, et si notre monde se trouve à la fois au bord et partiellement dedans, il s'ensuit obligatoirement que nous ne voyons qu'une partie des objets qui nous entourent. Nous ne percevons jamais leur forme véritable et complète. Nous voyons leurs trois dimensions, mais pas la quatrième. Cette nouvelle direction nous demeure cachée, aussi lorsque je prends ce livre et passe ma main tout autour de lui, n'en ai-je pas réellement fait intégralement le tour. De chaque objet, nous percevons seulement les portions qui existent dans nos trois dimensions ; le reste nous échappe. Mais, une fois que nous aurons appris à regarder dans l'hyperespace, les choses nous apparaîtront telles qu'elles existent réellement. L'ennui, c'est qu'elles passeront alors pour difficilement reconnaissables !

» À présent, vous devez commencer à comprendre où je veux en venir.

— Je commence surtout à comprendre combien vous avez dû souffrir, observa le médecin d'un ton apaisant, car j'ai moi-même entrepris de telles expériences, et me suis arrêté juste à temps...

— Dans ce cas, vous êtes le seul homme au monde à pouvoir écouter, comprendre *et* compatir, s'exclama M. Mudge en lui saisissant la main pour la serrer fort entre les siennes.

Le fauteuil cloué se chargea de prévenir de plus amples effusions.

— Bien, reprit-il après un temps d'arrêt. Je me procurai les instruments et les blocs en couleurs nécessaires aux exercices pratiques, et suivis scrupuleusement les instructions jusqu'à parvenir à une conception de base de ce qu'est un espace en quatre dimensions. Le tesseract[5], cette figure dont les limites sont des cubes, je le connaissais par cœur. C'est-à-dire, je le connaissais et le visualisais mentalement, car mes yeux, bien entendu, ne pouvaient jamais discerner de mesure supplémentaire, tout comme mes mains et mes pieds ne pouvaient la toucher.

» C'est, du moins, ce que je pensais, ajouta-t-il avec un sourire ironique. Voyez-vous, J'avais atteint un niveau tel que je parvenais à *imaginer* dans une nouvelle dimension. J'étais capable de me représenter la forme de cette nouvelle figure géométrique intrinsèquement différente de tout ce que nous connaissons : le tesseract. Je pouvais penser en quatre dimensions. Ainsi, lorsque j'observais un cube, arrivais-je à voir toutes ses faces à la fois. Celle du dessus ne se trouvait pas déformée par la perspective,

---

[5] Le tesseract, parfois appelé tessaract, est l'équivalent en quatre dimensions du cube. Le lecteur est invité à lire la nouvelle de Jean Ray *Le Tessaract* figurant dans le recueil *Le Carrousel des Maléfices* (Éditions Labor) afin d'approfondir ce passionnant sujet.

sa base n'était pas invisible, ni même sa face la plus éloignée. Je voyais l'objet dans son entier, pour ainsi dire. Et ce tesseract était entouré de cubes ! De plus, j'apercevais aussi son contenu... ses entrailles !

— Vous n'étiez pas en mesure de pénétrer vous-même dans ce nouveau monde, l'interrompit le Dr Silence.

— Pas à l'époque, j'étais simplement capable de me figurer instinctivement son aspect et sa structure exacte. Plus tard, lorsque je glissai à l'intérieur et vis les objets dans leur intégrité, délivrés de nos trois pauvres dimensions, je fus à deux doigts d'y laisser la vie. Car, voyez-vous, l'espace ne s'arrête pas à l'ajout d'une seule nouvelle dimension, la quatrième. Il s'étend à une infinité d'autres, et tout porte à croire qu'elles-mêmes en contiennent autant. En d'autres termes, il n'y a pas d'espace du tout, seulement un état spirituel. Mais entre-temps, j'étais parvenu à saisir l'étrange vérité qui veut que les choses dans notre monde ordinaire ne nous apparaissent que partiellement.

M. Mudge s'avança encore un peu, au point de se retrouver assis tout au bord de son fauteuil dans un équilibre précaire.

— Partant de cette découverte, continua-t-il, j'entamai mes recherches et mes expériences, et les poursuivis durant des années. J'avais de l'argent, mais pas d'amis. Je vivais dans la solitude et ne faisais que travailler. Mon intellect, bien entendu, avait peu de chose à voir avec mes expérimentations, car rationnellement parlant, tout ceci était inconcevable. Jamais les limites de la raison ne furent si pleinement démontrées. Ce fut de façon mystique, intuitive et spirituelle que je commençai à avancer. Ainsi le fruit de mon apprentissage, mes nouvelles connaissances et mes actions d'alors s'avèrent-ils impossibles à retranscrire par des mots, car ils décrivent des expériences qui transcendent celles des hommes. Je ne peux vous livrer qu'une partie des résultats — ce que vous appelez les symptômes de ma maladie — mais eux-mêmes se voient souvent taxés d'absurdes contradictions et d'impossibles paradoxes.

» Tout ce que je puis vous dire, Dr Silence — ici ses gesticulations devinrent extrêmement impressionnantes — c'est que j'atteignis parfois un tel degré de lucidité que tous les grands mystères du monde me parurent un jeu d'enfant ; et je compris ce que les livres de yoga nomment la Grande Hérésie de la Séparation ; je compris pourquoi tous les grands prêcheurs avaient insisté sur la nécessité d'aimer son prochain comme soi-même ; comment les hommes ne forment en fait qu'un seul être ; et pourquoi la perte absolue de soi s'avère nécessaire au Salut et à la découverte de la véritable vie de l'âme.

Il s'interrompit un instant pour reprendre son souffle.

— Vos hypothèses furent les miennes il y a longtemps, déclara posément le docteur. Je prends pleinement mesure de la force de vos paroles. Il ne fait aucun doute que les hommes ne sont pas séparés du tout... pas dans le sens qu'ils l'imaginent...

— Toutes ces choses qu'induisait l'existence de l'hyperespace, je n'en avais qu'une idée confuse, très confuse, poursuivit-il en élevant de nouveau la voix par à-coups, mais ce qui m'arriva ensuite ne fut qu'un simple accident... Un pur désastre... Oh mon Dieu, comment exprimer cela... ?

Il se mit à buter sur les mots et montrer des signes manifestes de détresse.

— C'est simple, lança-t-il brusquement, libérant un flot de paroles, mes nombreuses années d'expérimentations firent qu'un jour, je tombai par accident physiquement dans le nouveau monde, celui des quatre dimensions, et pourtant sans savoir précisément comment j'étais arrivé là, ni comment en repartir. Je découvris, comment dire, que mon enveloppe charnelle ordinaire à trois dimensions ne s'avérait qu'une expression, une projection, de mon corps supérieur à quatre dimensions !

» À présent vous voyez où je voulais en venir tout à l'heure quand je parlais de facteur chance. Je n'ai aucun contrôle sur mes entrées et sorties. Certaines personnes, certaines influences humaines, certaines forces errantes, pensées, désirs même... Les radiations émises par certaines combinaisons de couleurs, et par-dessus tout, les vibrations de certains types de musique, me plongeront subitement dans un état que je ne puis décrire que comme une intense et terrifiante vibration intérieure... et, pouf, je ne suis plus là ! Parti dans la direction perpendiculaire à toutes celles qui nous sont connues ! Engagé sur le chemin que prend le cube quand il commence à tracer les contours d'une nouvelle figure ! Envolé dans mon époustouflant et semi-divin hyperespace ! Parti, *à l'intérieur de moi-même*, dans le monde des quatre dimensions !

Pantelant, il s'effondra dans les profondeurs de son inamovible fauteuil.

— Et une fois là-bas, murmura-t-il, sa voix émergeant du fin fond des coussins, je dois y rester tant que perdurent les vibrations, ou jusqu'à ce qu'elles engendrent quelque chose que vous me voyez incapable de retranscrire correctement ou intelligemment par des mots... Et alors, pouf, me revoilà. D'abord, hum, je disparais. Ensuite, je réapparais.

— Parfaitement ! s'exclama le Dr Silence. Et c'est pourquoi...

— C'est pourquoi il y a quelques instants, l'interrompit M. Mudge en lui enlevant les mots de la bouche, vous m'avez « trouvé parti », puis m'avez vu revenir. La musique de ce maudit orchestre allemand m'a expédié au diable Vauvert. Votre intense concentration sur ma personne m'a fait réapparaître... quand Wagner a bien voulu se taire. Je vous ai vu vous approcher du judas, et j'ai saisi l'intention de

Barker d'en faire autant plus tard. À mes yeux, aucun intérieur ne demeure caché. Je vois dedans. Dans cet état, je lis dans votre esprit comme dans un livre ouvert et vois l'intérieur de votre corps comme en plein jour. Oh mon Dieu, oh mon Dieu, oh mon Dieu !

M. Mudge suspendit son exposé et s'épongea le front. Un léger frémissement parcourut la surface de son petit corps tel le vent sur les hautes herbes. Il serrait toujours fermement les accoudoirs de son fauteuil.

— Au début, reprit-il enfin, mes nouvelles expériences s'avéraient si passionnantes que je n'en tirais aucune frayeur. Il n'y avait pas de place pour elle. La peur vint un peu plus tard.

— Donc, vous aviez en fait plongé assez profondément dans cet état pour vous considérer vous-même comme un de ses composants ordinaires ? demanda le docteur, captivé.

M. Mudge opina du chef, le visage ruisselant de sueur.

— C'est exact, souffla-t-il, indubitablement exact. Mais j'y viens. Cela débuta tout d'abord la nuit, quand je me rendis compte que le sommeil n'entraînait chez moi aucune perte de conscience...

— L'esprit ne peut, bien entendu, jamais dormir. Seul le corps sombre dans l'inconscience, intervint John Silence.

— Oui, c'est ce que nous savons... en théorie. Cela va de soi que durant notre sommeil, l'activité de notre esprit se concentre quelque part ailleurs, sans que nous puissions nous rappeler ni où ni comment, simplement du fait que notre cerveau reste en retrait et donc, n'enregistre aucune donnée. Mais je découvris que, tout en demeurant inconscient, je conservais des souvenirs. J'avais atteint un état de conscience continue, car la nuit, lorsque je commençais à somnoler, j'entrais régulièrement bon gré mal gré dans la Quatrième Dimension.

» Durant un temps, cela m'arriva fréquemment sans que je pusse rien y faire ; bien que plus tard je trouvai un moyen de mieux réguler le phénomène. Apparemment le sommeil n'est pas nécessaire au corps supérieur... celui à quatre dimensions. Peut-être pas. Mais j'aurais infiniment préféré un sommeil ennuyeux à la Connaissance. Car, incapable de contrôler mes mouvements, j'errais de-ci de-là, attiré, en raison de mon développement inachevé et mon arrivée prématurée, par des zones de ce nouveau monde qui m'effrayait de plus en plus. C'était une affreuse traversée du désert dans un monde monstrueux, si complètement différent de ce que nous savons et percevons que je ne peux même pas juger de la nature des visions, des choses et des êtres qui l'habitent. Pis encore, je suis incapable de m'en rappeler. J'échoue en ce moment même à me les représenter dans ma tête, je parviens seulement à *me souvenir de l'impression* qu'ils m'ont laissée, l'horreur absolue et la terreur dévastatrice dont ils m'ont empli. Se retrouver à plusieurs endroits en même temps, par exemple...

— Parfaitement, l'interrompit John Silence, remarquant l'émotion grandissante de son patient. Je vous suis parfaitement. Mais, s'il vous plaît, j'aimerais maintenant que vous m'en disiez un peu plus sur le malaise que vous avez ressenti, et en quoi il vous a affecté.

— Ce n'est pas le fait de disparaître et réapparaître *per se* qui me gène, répondit M. Mudge, du moins pas autant que certaines autres choses. C'est de voir les gens et les objets dans leur bizarre intégrité, revêtus de leur forme véritable et complète, c'est si bouleversant ! C'est comme si je m'introduisais dans un monde peuplé de monstres. Les chevaux, les chiens, les chats, que j'aimais tant ; les personnes, les arbres, les enfants ; tout ce que j'avais considéré comme beau dans la vie... Tout, d'un visage humain à une cathédrale, m'apparaît différent de forme et d'aspect de tout ce que j'ai connu. Je ne peux peut-être pas vous démontrer en quoi est-ce si terrible, mais je vous assure que ça l'est. Entendre la voix d'un homme provenir de cette nouvelle apparence que je peine à reconnaître comme celle d'un être humain est horrible, passablement horrible. Voir à l'intérieur de tout et de tout le monde est une forme de clairvoyance particulièrement éprouvante. Ne plus parvenir à s'orienter au point de se retrouver au Pôle Nord et l'instant suivant à la gare de Clapham —

voire aux deux endroits à la fois — m'emplit d'une absurde terreur. Je vais arrêter là mon énumération et laisser votre imagination faire le reste. Mais vous n'avez pas idée de ce que cela signifie, ni combien je souffre.

Son haletant récit achevé, M. Mudge se renversa dans son fauteuil dont il serrait toujours étroitement les accoudoirs, comme s'ils étaient capables de le retenir dans le monde de la raison et des trois dimensions. Seulement de temps en temps lâchait-il prise afin de s'éponger le visage. Il avait l'air très maigre, très pâle et paraissait curieusement dépourvu de substance. Il regardait autour de lui comme s'il voyait à l'intérieur de cet autre espace dont il venait de parler.

John Silence aussi avait chaud. Il avait écouté chaque mot et pris quantité de notes. La présence de cet homme avait un effet grisant sur lui. C'était comme si M. Mudge conservait toujours quelque chose de ce stupéfiant état à quatre dimensions qu'il avait décrit. En tout cas, le médecin s'était lui-même aventuré suffisamment loin sur les voies légitimes de la transmutation psychique et spirituelle pour réaliser que les visions de cet extraordinaire petit bonhomme contenaient une base de vérité sur leurs origines.

Après s'être accordé un instant de réflexion qui se prolongea de longues minutes, le Dr Silence traversa la pièce et déverrouilla un tiroir de sa bibliothèque, dont il tira un petit livre à couverture rouge. Celle-ci comportait elle-même une serrure, et, sortant une clé de sa poche, le médecin entreprit de l'ouvrir. Les yeux brillants de M. Mudge ne l'avaient pas quitté une seule seconde.

— C'est presque dommage de vous soigner, M. Mudge, avoua-t-il enfin, vous êtes sur le point de découvrir de grandes choses. Bien que ce faisant, vous risquiez d'y laisser la vie... C'est-à-dire, votre vie ici-bas, dans le monde à trois dimensions. Remarquez que vous ne perdriez pas grand-chose... Je sais que vous me pardonnerez mon apparente grossièreté, mais vous y gagneriez très largement au change. Vos souffrances viennent sans aucun doute du fait que vous fassiez la navette entre deux mondes sans jamais être complètement dans l'un ou dans l'autre. Je serais également tenté de croire, sans pouvoir l'affirmer par manque d'expérience personnelle, que vous avez été jusqu'à pénétrer çà et là dans des espaces à plus de quatre dimensions, d'où cette terreur indicible dont vous m'avez parlé.

Le transpirant fils du marinier de l'Essex et de la Normande opina plusieurs fois du bonnet en signe d'assentiment, sans piper mot.

— D'étranges prédispositions psychiques, datant sûrement d'une de vos vies antérieures, ont favorisé le développement de votre « maladie » ; et le fait que vous n'ayez suivi aucun enseignement normal à l'école ou au collège, que vous n'ayez jamais été conduit par des esprits étroits dans ces culs-de-sac faussement appelés savoir, n'a fait qu'accroître la fulgurante rapidité avec laquelle vous avez progressé le long des routes qui mènent tout droit aux expériences intérieures. Aucune des connaissances que vous m'avez rapportées ne vous est venue à travers vos cinq sens, cela va de soi.

M. Mudge, assis sur son siège statique, commença à trembler légèrement. Un souffle sembla passer à nouveau sur lui et le faire curieusement onduler, comme le vent sur les herbes folles.

— Vous parlez juste pour gagner du temps, dit-il rapidement d'une voix chevrotante. Ces réflexions à voix hautes ne font que nous retarder. Je vois où vous voulez en venir, seulement, s'il vous plaît, soyez bref, car il va se passer quelque chose. Une fanfare est en ce moment même en train de descendre la rue, et si elle joue... Si elle joue Wagner... je disparaîtrai en un clin d'œil.

— Justement, je serai bref. J'en arrivais à la façon de rendre effectif votre traitement. Et la réponse est la suivante : vous devez simplement apprendre à *bloquer les issues*.

— Vrai, vrai, entièrement vrai ! s'écria le petit homme en se tortillant nerveusement dans les profondeurs de son fauteuil. Mais comment, au nom de l'espace, puis-je faire cela ?

— En vous concentrant. Elles se trouvent toutes en vous, ces issues, bien que des facteurs externes telles que la couleur, la musique et d'autres choses vous poussent vers elles. Ces facteurs externes, vous ne pouvez espérer les détruire, mais une fois les issues condamnées, ils ne vous conduiront qu'à des murs de briques et des canaux bouchés. Vous ne serez plus capable de trouver le chemin.

— Vite ! Vite ! s'écria le bonhomme qui s'agitait dans le fauteuil. Comment cette concentration doit-elle être effectuée ?

— Ce petit livre, poursuivit calmement le Dr Silence, vous expliquera la marche à suivre.

Il en tapota la couverture du doigt.

— Permettez-moi à présent de vous lire certaines instructions de base, entièrement rédigées, comme vous pouvez le deviner, à partir de ma propre expérience personnelle dans ce domaine. Suivez ces directives à la lettre et vous n'entrerez plus dans votre état supérieur. Les entrées seront bloquées de façon efficace.

M. Mudge se redressa sur son siège comme un ressort pour écouter, et John Silence, après s'être éclairci la gorge, se mit à lire lentement et très distinctement ses notes.

Cependant, il n'avait pas prononcé une douzaine de mots que quelque chose se produisit. Les bruits du dehors firent soudain irruption dans la pièce par les ventilateurs ouverts, car un orchestre avait commencé à jouer dans la ruelle à l'arrière de la maison... la

Marche de Tannhäuser. Aussi bizarre que cela puisse paraître de voir une fanfare allemande passer deux fois dans la même rue en l'espace d'une heure pour y interpréter du Wagner, cela n'en demeurait pas moins la vérité.

M. Racine Mudge l'entendit. Il poussa un cri d'orfraie et enroula ses bras autour de son siège avec l'énergie du désespoir. Au bord des larmes, une expression pitoyable s'était peinte sur son visage dont le blanc ne tarda pas à virer au vert... celui de la peur. Il se mit à se débattre convulsivement.

— Tenez-moi fermement ! Attrapez-moi ! Retenez-moi ici ! Je suis déjà en train de partir ! Ooh, c'est terrifiant ! s'écria-t-il à l'agonie, sa voix aussi fluette qu'une anche.

Le Dr Silence plongea en avant pour le saisir, mais avant même qu'il ne parvînt à franchir la distance entre eux, M. Racine Mudge, qui se démenait comme un diable dans un bénitier en poussant des hurlements, parut tout à coup projeté à travers lui avant de se volatiliser. Il disparut telle une flèche décochée par un arc et propulsée à une vitesse infinie. Sa voix ne résonnait plus dans l'atmosphère extérieure, mais donnait l'impression au docteur qu'elle provenait curieusement de quelque part dans les profondeurs de sa personne. C'était comme un cri étouffé modulant dans sa tête, une voix dans un rêve, provenant d'une vision et de l'irréel.

— De l'alcool, de l'alcool ! s'époumonait-elle. Donnez-moi de l'alcool ! C'est le moyen le plus rapide. De l'alcool, avant que je ne sois hors de portée !

Le médecin, accoutumé aux décisions rapides et aux actions qui l'étaient plus encore, se souvint d'une flasque de brandy qui trônait sur le manteau de la cheminée, et en moins d'une seconde, il la saisit et la tendit en direction du vide au-dessus du fauteuil occupé il y a peu par le visible M. Mudge. Alors, de ses propres yeux et avant même de réussir à dévisser le bouchon, il vit le contenu de la fiole de verre encore bouchée se renverser et diminuer comme si quelqu'un buvait violemment et goulûment la liqueur qu'elle renfermait.

— Merci ! Assez ! Cela a stoppé les vibrations ! cria en lui la voix lointaine, tandis qu'il reculait la flasque pour la reposer sur la cheminée.

John Silence comprenait que dans l'état actuel de M. Mudge, un côté de la bouteille demeurait ouvert sur l'espace, ce qui permettait à ce dernier d'y boire sans avoir à la déboucher. Le médecin aurait été bien en peine de trouver preuve plus saisissante de ce qui lui avait été si longuement décrit tantôt.

Toujours est-il que l'instant suivant, presque au même moment, l'orchestre allemand s'interrompit brusquement au beau milieu de son morceau... Et voici que M. Mudge reparut dans son fauteuil, pantelant et hors d'haleine !

— Vite ! hurla-t-il. Arrêtez cet orchestre ! Chassez-le ! Attrapez-moi ! Bloquez les issues ! Bloquez les issues ! Donnez-moi le livre rouge ! Oh, oh, oh-h-h-h !!!

La musique avait repris. Ce n'était donc qu'un bref intermède. La Marche de Tannhäuser s'ébranla de plus belle, adoptant cette fois un rythme effréné tel un rapide deux temps qui donnait l'impression que les instruments faisaient la course avec la trotteuse de l'horloge.

Mais cette courte interruption avait suffi au docteur pour rassembler ses idées. Avant que l'orchestre eût joué une demi-mesure, il s'était jeté sur le fauteuil pour attraper M. Racine Mudge, la gesticulante petite victime de l'hyperespace, qu'il tenait à présent d'une main de fer. Les bras du médecin s'étaient enroulés autour de sa minuscule personne, prenant une bonne partie du siège au passage. John Silence n'était pas une armoire à glace, pourtant il semblait recouvrir complètement son patient.

Cependant, même ainsi il sentait la forme qui se tortillait sous lui commencer à fondre et glisser hors de son étreinte, tel un courant d'air ou de l'eau frémissante. Le bois du dossier parut curieusement se démêler de ses propres bras et de ceux de M. Mudge. Le phénomène appelé « passage de la matière à travers la matière » prit place. Le petit homme eut véritablement l'air de se fondre en lui. Le Dr Silence ne discerna bientôt plus que son visage entre ses bras, plissé et assombri comme sous l'effet d'un terrible effort intérieur. Il entendit la voix de crécelle lui crier dans l'oreille : « bloquez les issues, bloquez les issues ! » et alors... Mais comment décrire l'indescriptible ?

Le médecin se redressa à demi pour regarder. Racine Mudge, les traits déformés au point d'en être devenu méconnaissable, exécutait une merveilleuse rotation vers l'intérieur, comme pour rebrousser chemin en lui-même. Sa surface décrivit un mouvement d'entonnoir semblable à de l'eau tourbillonnante dans un vortex, puis parut se morceler tel un reflet sous le jeu d'un miroir convexe. Il ne partit ni par l'avant ni par l'arrière, ni par la droite ni par la gauche, ni par le haut ni par le bas. Mais il partit. Il partit purement et simplement. Il disparut en un éclair de son champ de vision comme un projectile.

Tout sauf une jambe ! Le Dr Silence eut juste le temps et la présence d'esprit de saisir sa cheville gauche et sa botte avant qu'elles ne disparaissent, et, tout en étant conscient de la vanité et de la stupidité de ce geste, s'y cramponna pendant plusieurs secondes comme si sa vie en dépendait.

Le pied demeura un instant dans sa main, puis l'instant suivant il parut — ce fut la seule façon dont il parvint à décrire le phénomène — se trouver à la fois à l'intérieur de sa peau et de ses os et tout autour de sa main. Il semblait se mélanger de manière saisissante à sa propre chair et à son propre sang. Le pied ne tarda pas à se volatiliser à son tour, et le docteur n'agrippa bientôt plus qu'un courant d'air brûlant.

— Parti ! Parti ! Parti ! s'écria une voix épaisse du plus profond de son être, si loin qu'elle lui parvenait dans un murmure. Perdu ! Perdu ! Perdu ! répéta-t-elle, de plus en plus ténue, jusqu'à ce qu'elle s'évanouît complètement, et avec elle les dernières traces de M. Racine Mudge.

John Silence verrouilla son petit livre rouge avant de le replacer dans son tiroir, dont il fit jouer la serrure dans un cliquetis. Lorsque Barker se présenta au coup de sonnette, il lui demanda si son patient avait laissé une carte sur la table. Le serviteur lui répondit par l'affirmatif, et quand il reparut pour la lui rapporter, le Dr Silence lut l'adresse et en prit note. Elle indiquait le nord de Londres.

— M. Mudge est parti, informa-t-il Barker d'une voix sereine, devant son air inquiet.

— Il n'a pas pris son chapeau avec lui, Monsieur.

— M. Mudge n'a pas besoin de chapeau, là où il se trouve en ce moment, poursuivit le docteur en se baissant pour raviver le feu. Mais peut-être reviendra-t-il le chercher...

— Et son parapluie, Monsieur.

— Et son parapluie.

— Il n'est pas sorti par *ma* porte, Monsieur, si vous me permettez, bégaya le domestique stupéfait, sa curiosité l'emportant sur sa nervosité.

— M. Mudge a une façon bien à lui d'entrer et de sortir, et s'en accommode. S'il repasse un jour par la porte, n'oubliez pas de le conduire à mon bureau sur-le-champ, et de vous comporter aimablement et gentiment avec lui, sans lui poser de questions. Une dernière chose, souvenez-vous, Barker, de penser à lui avec affection et sympathie pendant son absence. M. Mudge est un gentleman qui souffre énormément.

Barker s'inclina et sortit de la pièce à reculons, haletant et desserrant son col de trois doigts bouillonnants.

Deux jours s'étaient écoulés lorsqu'il rejoignit son maître dans son bureau pour lui porter un télégramme. Le Dr Silence l'ouvrit et lut ce qui suit :

« Bombay. Viens juste de m'échapper à nouveau. Sain et sauf. Ai bloqué les issues. Mille mercis. Adresse Cooks, Londres. — Mudge. »

Le médecin releva la tête et vit Barker le fixer avec incrédulité. Il lui vint à l'esprit que, d'une façon ou d'une autre, ce dernier connaissait déjà le contenu du message.

— Faites un paquet des affaires de M. Mudge, ordonna-t-il brièvement, et adressez-le à Thomas & Fils, Ludgate Circus. Vous l'expédierez dans exactement un mois à partir d'aujourd'hui, en y indiquant la mention « à réclamer ».

— Bien, Monsieur, fit Barker, quittant le cabinet avec un profond soupir, suivi d'un rapide coup d'œil à la corbeille à papier où son maître venait de jeter le feuillet rose.

Le Sac de Toile

Lorsqu'en ce sombre après-midi de décembre, les mots « non coupable » retentirent à travers la salle d'audience bondée, Arthur Wilbraham, le grand avocat et chef de la défense triomphante, était alors représenté par son subalterne ; mais Johnson, son secrétaire particulier, avait rapporté le verdict à son cabinet à la vitesse de l'éclair.

— C'est ce à quoi nous nous attendions, il me semble, commenta l'avocat sans manifester la moindre émotion. Pour ma part, je suis heureux que l'affaire soit close.

Il n'y avait pas vraiment de quoi se réjouir d'être parvenu à sauver John Turk, l'assassin, en plaidant la folie, car pour son défenseur comme pour tous ceux qui avaient vu son visage, il ne faisait aucun doute que jamais homme n'avait autant mérité la potence.

— Moi aussi, avoua Johnson.

Ce dernier était demeuré dans la salle d'audience dix jours durant, à observer les traits de celui qui avait perpétré, avec une macabre minutie et un remarquable sang-froid, un des meurtres les plus brutaux de ces dernières années.

L'avocat leva les yeux sur son secrétaire. Il y avait davantage entre eux qu'une simple relation d'employeur à employé ; pour des raisons familiales et d'autres encore, ils étaient amis.

— Ah oui, c'est vrai, fit-il avec un sourire affable, vous voulez vous absenter pour Noël. Vous allez skier et faire du patin à glace dans les Alpes, c'est bien cela ? Si j'avais eu votre âge, je vous aurais accompagné.

Johnson répondit par un gloussement. C'était un jeune homme de vingt-six ans au visage délicat comme celui d'une jeune fille.

— À présent, me voilà libre de prendre le premier bateau demain matin, acquiesça-t-il, mais ce n'est pas pour cela que je suis content que le procès soit terminé. C'est juste que je n'aurai plus à supporter la sale tête de ce type. Elle finissait par me hanter. Ce teint blafard, ces cheveux noirs au ras des sourcils, ce sont des choses que je n'oublierai jamais. Et cette façon dont le corps démembré a été fourré avec de la chaux dans ce...

— Tournez la page, mon cher collègue, l'interrompit le ténor du barreau, le scrutant curieusement de ses yeux de lynx. N'y pensez plus. Ce genre d'images a la fâcheuse habitude de revenir aux moments les moins opportuns.

Il s'interrompit un instant.

— Et maintenant, filez ! ordonna-t-il, et profitez bien de vos vacances. J'aurai besoin de toute votre énergie à votre retour pour mon travail parlementaire. Et n'allez pas vous rompre le cou en skiant !

Johnson lui serra la main et s'apprêtait à partir, quand il se retourna brusquement devant la porte.

— Je savais qu'il y avait quelque chose que je voulais vous demander, s'exclama-t-il. Pourriez-vous me prêter un de vos sacs de sport ? Il est trop tard pour m'en procurer un ce soir, et je pars demain matin avant l'ouverture des magasins.

— Bien sûr, j'enverrai Henry vous l'apporter à vos appartements. Vous l'aurez quand je rentrerai à la maison.

— Je vous promets d'en prendre grand soin, lui répondit le jeune homme avec gratitude, enchanté à l'idée que d'ici trente heures, il côtoierait l'éclatant soleil d'hiver des Hautes Alpes. À côté, le souvenir de cette cour pénale était comme un mauvais rêve.

Il dîna à son club puis s'en retourna à Bloomsbury, où il occupait le dernier étage d'une de ces vieilles bâtisses désolées aux salles hautes et spacieuses. L'appartement situé sous le sien était vacant et non meublé ; quant aux locataires du dessous, il ne les connaissait ni d'Eve ni d'Adam. Le cadre se voulait déprimant au possible, il lui tardait de changer d'air. Plus morne encore était la nuit : elle était misérable, et peu de gens s'attardaient au dehors. Une pluie glaciale mêlée de neige fondue battait les rues, épaulée dans sa tâche par le vent d'est le plus pénétrant qu'il eût jamais affronté. Il hurlait lugubrement parmi les hautes formes sombres des maisons autour des larges squares, et quand il atteignait ses appartements, c'était pour siffler et crier sur le monde des toits obscurs au-delà de ses fenêtres.

Dans le vestibule, le jeune homme croisa sa logeuse, qui d'une main osseuse protégeait une chandelle des vents coulis.

— Un homme a apporté ceci de la part de M. Wilbr'im, Monsieur.

Joignant le geste à la parole, elle lui tendit ce qui était, de toute évidence, le sac de sport. Johnson s'en empara en la remerciant pour l'emporter avec lui.

— Je pars à l'étranger demain matin pour dix jours, Mme Monks, l'informa-t-il. Je vous laisserai une adresse où faire suivre le courrier.

— Dans c' cas, j'espère que vous pass'rez un joyeux Noël, Monsieur, répondit-elle d'une voix rauque et sifflante qui évoquait les spiritueux ; et que vous aurez meilleur temps qu'ici.

— Je l'espère aussi, surenchérit son locataire, réprimant un frisson tandis qu'au dehors, les rafales traversaient la rue en rugissant.

Arrivé à son étage, il fut accueilli par le grésil qui rebondissait contre les vitres des fenêtres. Il prit la bouilloire pour se préparer une tasse de café chaud, puis s'appliqua à mettre certaines choses en ordre en vue de son absence.

— Et maintenant, ma valise... enfin, ce qui me sert de valise, ricana-t-il tout bas, en se mettant illico à l'ouvrage.

Il aimait bien ce sac, il lui renvoyait de manière si vivante des images de monts enneigés qu'il lui faisait oublier les scènes désagréables de ces dix derniers jours. De plus, il n'était pas du genre compliqué. Son ami lui avait prêté exactement ce qu'il lui fallait : un robuste sac de toile, en forme de sac de marin, avec des trous autour de l'encolure pour la barre de laiton et le cadenas. Il était un peu informe, c'est vrai, et pas d'une élégance folle, mais sa contenance était infinie, et il n'y avait pas à s'embêter à tout y ranger soigneusement. Il y fourra pêle-mêle son imperméable, son bonnet en fourrure et ses gants, ses patins à glace et ses chaussures de montagne, ses pull-overs, ses après-skis, et ses caches-oreilles ; puis par-dessus le tout il empila ses chemises de laine et ses sous-vêtements, ses épaisses chaussettes, ses bandes molletières et ses culottes de golf. Ce fut ensuite le tour de son habit de soirée, au cas où les clients de l'hôtel se changeraient pour dîner, puis, devant l'épineuse question de savoir comment ranger proprement ses chemises blanches, il s'accorda un instant de réflexion.

— *C'est ça le problème, avec ce genre de sac,* songea-t-il distraitement, debout dans la salle de séjour où il était parti en quête de ses maillots de corps.

Il était alors dix heures passées. Un furieux coup de vent ébranla soudain les fenêtres comme pour lui enjoindre de s'activer, et il eut une pensée émue pour les pauvres londoniens qui allaient passer Noël sous un tel climat, pendant que lui glisserait sur les pentes enneigées sous un soleil radieux, avant de danser, le soir venu, avec des jeunes filles aux joues roses... Ah ! Cela lui fit rappeler qu'il devait aussi caser ses chaussures de danse et ses chaussettes de soirée. Il traversa le salon pour fouiller le placard du palier où il rangeait son linge.

Là, il entendit quelqu'un monter les escaliers. Il se figea un instant pour écouter. Ce devait être Mme Monks, se dit-il, qui venait lui remettre le courrier du soir. Mais alors, les pas cessèrent brusquement et il ne perçut plus aucun bruit. Cela se passait deux volées de marches plus bas, ce qui l'amena à la conclusion qu'ils étaient bien trop pesants pour être ceux de sa logeuse portée sur la bouteille. Sans doute appartenaient-ils à un locataire rentré sur le tard qui s'était trompé d'étage. Cette explication en tête, il passa dans sa chambre et empaqueta ses mocassins et ses chemises de soirée du mieux qu'il put.

Le sac de toile se trouvait pour maintenant rempli aux deux tiers, et tenait tout seul debout tel un sac de farine. Pour la première fois, le jeune homme remarqua combien il était vieux et sale, la toile passée et usée, et qu'il avait été manifestement soumis à un assez rude traitement. Ce n'était pas un très beau sac à lui envoyer... Et certainement pas un bagage neuf ou auquel son patron tenait particulièrement. Il accorda à ce sujet une pensée fugace, avant de reprendre son emballage. Une fois ou deux toutefois, il se surprit à se demander qui avait bien pu traîner ses guêtres à l'étage du dessous, Mme Monks n'ayant pas reparu pour lui apporter ses lettres, et l'endroit s'avérant désert et vide. De temps en temps, il avait même la quasi-certitude de percevoir le glissement feutré de quelqu'un allant et venant doucement sur les lames nues du parquet — prudemment, furtivement, aussi doucement que possible — et, de plus, que le bruit s'était en dernier sensiblement rapproché.

Pour la première fois de sa vie, il commença à sentir la peur le gagner. Alors, comme pour accentuer ce sentiment, une chose bizarre se produisit : au moment où il s'apprêtait à quitter la chambre, venant tout juste de parvenir à introduire convenablement ses récalcitrantes chemises immaculées, il s'aperçut que le haut du sac tombait mollement vers lui dans une extraordinaire imitation de visage humain. Les plis du tissu avaient pris la forme d'un nez et d'un front, tandis que les anneaux en laiton réservés au cadenas correspondaient exactement à l'emplacement des yeux. Une ombre — à moins qu'il ne s'agît d'une tache ? Il n'aurait pu l'affirmer avec certitude — se répandait telle une masse de cheveux. Cette vision lui porta un sacré coup, car elle coïncidait d'une façon si irrationnelle, si outrageuse, avec le visage de John Turk, l'assassin.

Il éclata d'un rire jaune et s'en retourna au salon, où la lumière était plus vive.

— *Cette horrible affaire m'a fait perdre la tête*, pensa-t-il, *il est grand temps de changer d'air et de décor.*

Dans la salle de séjour, néanmoins, le jeune homme ne fut guère enchanté d'entendre à nouveau les mêmes pas furtifs dans les escaliers, et de constater à quel point ils étaient plus proches aussi bien qu'indéniablement réels. Seulement cette fois, il se redressa et sortit voir qui pouvait bien rôder là-haut à une heure aussi tardive.

Mais le bruit avait cessé. Il n'y avait personne de visible sur les marches. Il poussa non sans inquiétude jusqu'à l'étage du dessous, où il alluma la lumière électrique afin de s'assurer que personne ne se cachait dans les pièces vides de l'appartement vacant. Il ne s'y trouvait pas un pied de chaise suffisamment large pour dissimuler un chien. Ceci fait, il héla ensuite Mme Monks par-dessus la balustrade, mais aucune réponse ne vint, et l'écho de sa voix se répercuta contre la voûte enténébrée de la bâtisse avant de se perdre parmi les rugissements de la tempête qui sévissait au dehors. Tout le monde était au lit et dormait à poings fermés... Tout le monde, excepté lui-même et le propriétaire de ce pas étouffé et furtif.

— *Probablement ma stupide imagination*, se morigéna-t-il, *ça devait être le vent, après tout. Cependant... cela semblait si réel et si proche, je croyais...*

Il retourna à son empaquetage. Il ne devait pas être loin de minuit. Il vida sa tasse de café et alluma une autre pipe... La dernière avant d'aller se glisser dans les bras de Morphée.

Il est toujours difficile de déterminer avec exactitude à quel moment la peur s'empare de votre personne, lorsque la cause même de cette peur ne se trouve pas intégralement devant vos yeux. Les impressions s'amoncellent à la surface de votre esprit, couche après couche, comme la glace s'accumule à la surface d'une eau calme ; mais toujours de manière si légère qu'elles ne se font pas clairement connaître de votre conscience. Arrive un moment, toutefois, où cette association de sentiments finit par donner naissance à une émotion bien définie, et l'esprit réalise alors qu'il s'est passé quelque chose. Avec un léger sursaut, Johnson se rendit soudain compte qu'il se sentait nerveux — étrangement nerveux ; que depuis quelque temps déjà, les raisons de ce sentiment s'étaient lentement regroupées dans son esprit, où il venait seulement d'atteindre le stade de maturité qui l'obligeait, lui, à le reconnaître.

Un singulier et curieux malaise s'était emparé de sa personne, de sorte qu'il avait du mal à l'interpréter. Il avait l'impression de faire quelque chose auquel un autre individu était formellement opposé, un autre individu qui, qui plus est, se voyait en droit de protester. Il s'agissait d'une sensation extrêmement perturbante et désagréable, semblable aux murmures persistants de sa conscience : presque, en fait, comme s'il faisait quelque chose qu'il savait être mal. Pourtant, il eut beau chercher vigoureusement et en toute sincérité dans les recoins de son esprit, il ne parvint pas à mettre le doigt sur le secret de son malaise grandissant, et cela le rendit d'autant plus perplexe. Pire, il en fut bouleversé et cela l'effraya.

— Seulement les nerfs ! plastronna-t-il tout haut avec un rire forcé, l'air de la montagne va remédier à cela ! Ah tiens, ajouta-t-il pour lui-même, ça me fait penser... Mes lunettes de montagne.

Ce bref monologue s'était tenu près de la porte de la chambre. Comme il se dirigeait rapidement vers le salon pour quérir les lunettes en question dans l'armoire, il aperçut du coin de l'œil la silhouette indistincte d'une personne debout dans les escaliers, à quelques pieds du sommet. Elle avait le dos courbé, une main sur la rampe et le visage levé en direction du palier. Au même moment, le même pas traînant se fit entendre. L'individu qui avait, durant tout ce temps, déambulé à l'étage du dessous avait fini par rejoindre le sien. Mais qui donc pouvait-il être ? Et, au nom du Ciel, que voulait-il ?

Johnson retint brusquement son souffle et prit une immobilité de statue. Puis, après quelques secondes d'hésitation, il prit son courage à deux mains et rebroussa chemin afin d'en avoir le cœur net. L'escalier, à son grand étonnement, s'avérait désert ; il n'y avait pas un chat. Il sentit une succession de frissons le parcourir, et les muscles de ses jambes montrer quelques signes de faiblesse. Pendant plusieurs minutes il resta planté là, à scruter fixement les ténèbres qui s'agglutinaient en haut des marches, à l'endroit même où il avait distingué la silhouette. Enfin, il regagna la lumière du salon d'un pas rapide — pour ne pas dire au pas de course ; mais à peine eut-il franchi la porte qu'il entendit quelqu'un gravir les degrés derrière lui en bondissant, et se glisser rapidement dans sa chambre. C'était un pas lourd, et pourtant furtif — celui de quelqu'un qui ne souhaite pas être vu. Et ce fut à cet instant précis que la nervosité qu'il avait jusqu'ici engrangée franchit une première limite et le fit entrer dans un état d'angoisse, une angoisse extrême et quasi irrationnelle. Avant qu'elle ne se muât en terreur il y avait une frontière supplémentaire à traverser, et au-delà encore s'étendait la région de l'horreur absolue. La position de Johnson n'avait rien d'enviable.

— Par Jupiter ! Il y avait bien quelqu'un dans les escaliers, en fin de compte, marmonna-t-il, sa peau se couvrant de chair de poule. Et qui que cela puisse être, il se trouve à présent dans ma chambre.

Son visage pâle et délicat devint livide, et durant plusieurs minutes il ne sut que faire ou penser. Réalisant finalement, par une sorte d'intuition, que cette attente ne faisait qu'alimenter sa propre peur, il traversa le palier en coup de vent et s'engouffra directement dans l'autre pièce, où quelques secondes plus tôt, les pas s'étaient tus.

— Qui est là ? Est-ce vous, Mme Monks ? appela-t-il en élevant la voix tandis qu'il arrivait.

Il entendit la première moitié de sa phrase dégringoler les escaliers dépeuplés, pendant que la seconde retombait morte contre les rideaux de la chambre à coucher qui n'abritait, de prime abord, aucune autre entité humaine en dehors de lui-même.

— Qui est là ? répéta-t-il d'une voix excessivement forte, et dont la fermeté ne tenait qu'à un fil. Qu'est-ce que vous cherchez ici ?

Les rideaux se balancèrent très légèrement, et, ce que voyant, son cœur faillit manquer un battement ; en dépit de cela, il se rua en avant pour les ouvrir en grand d'un geste rageur. Une fenêtre ruisselante de pluie fut tout ce que rencontra son regard. Il poursuivit ses investigations, mais en vain ; les placards ne dissimulaient rien d'autre que des rangées de vêtements qui pendaient immobiles ; et rien n'indiquait non plus que quelqu'un se fût caché sous le lit. Il marchait à reculons au milieu de la pièce quand soudain, quelque chose manqua de le faire tomber. Pris d'une violente poussée d'angoisse, il pivota sur ses talons et aperçut le sac de toile à ses pieds.

— *Bizarre !* songea-t-il. *Ce n'est pas là que je l'avais laissé !*

Il avait la certitude que quelques instants plus tôt, il se trouvait à sa droite, entre le lit et la baignoire ; il ne se souvenait pas de l'avoir déplacé. Voilà qui était très curieux. Mais que se passait-il donc ici ? Tous ses sens étaient-ils détraqués ? Une terrifiante rafale de vent vint lacérer les fenêtres, projetant le grésil contre les carreaux avec autant de force que de petits coups de feu, avant de s'envoler en poussant des hurlements lamentables au-dessus des étendues désertiques des toits de Bloomsbury. Une vision fugace de la Manche qui l'attendait demain traversa son esprit et le ramena brutalement à la réalité.

— Il n'y a absolument personne ici, c'est tout à fait clair ! s'exclama-t-il avec force.

Pourtant, alors même qu'il prononçait ces paroles, il savait parfaitement que c'était un mensonge auquel il ne croyait pas lui-même. Il avait la nette impression que quelqu'un était tapi tout près de lui, surveillant le moindre de ses mouvements, essayant en quelque sorte de l'empêcher de finir ses bagages.

— Et deux de mes cinq sens, ajouta-t-il en poursuivant sa mascarade, m'ont joué les plus absurdes tours ! Les pas que j'ai entendus et la silhouette que j'ai vue n'étaient que le fruit de mon imagination !

Il revint au salon, tisonna le feu dans la cheminée, et s'installa devant pour réfléchir. Ce qui le perturbait plus que toute autre chose était le fait que le sac ne se trouvait plus à l'emplacement où il l'avait laissé. Il avait été tiré plus près de la porte.

Les événements qui se déroulèrent par la suite en cette nuit de décembre furent vécus, cela va sans dire, par un homme déjà éprouvé par la peur, et par conséquent perçus par un esprit qui n'avait plus le plein et parfait contrôle de ses sens. En apparence, Johnson demeura calme et maître de sa personne jusqu'à la fin, prétextant jusqu'au bout que tout ce dont il était témoin avait une explication rationnelle, ou ne se révélait que de simples illusions induites par ses nerfs fatigués. Mais en son for intérieur, il savait depuis le début que quelqu'un s'était caché dans l'appartement vacant sous le sien quand il était rentré chez lui, que cette personne avait attendu le moment propice pour monter subrepticement dans sa chambre, et que tout ce qu'il vit et entendit à partir de cet instant, du déplacement du sac à... eh bien, aux autres choses que cette histoire a encore à raconter, s'avérait directement causé par la présence de cet invisible personnage.

Et ce fut là, au moment précis où son plus cher désir était de conserver la maîtrise de son esprit et de ses pensées, que les images nettes, imprimées jour après jour sur ses plaques mentales dans la salle d'audience de Old Bailey, commencèrent à s'animer et se développer dans la chambre noire de sa vision intérieure. Les souvenirs désagréables et obsédants ont tendance à revenir à la vie lorsque l'on souhaite le moins entendre parler d'eux... Au cours des silencieuses nuits de veille, lors d'insomnie, durant les heures solitaires passées auprès d'un malade ou d'un mourant. Victime d'un semblable phénomène, Johnson ne voyait plus à présent que le visage de John Turk, le meurtrier, qui lui lançait des regards noirs de chaque recoin de son champ de vision mental ; sa peau blême, ses yeux démoniaques, et sa frange brune qui recouvrait son front. Chaque scène de ces dix derniers jours passés au tribunal revenait spontanément à la surface de son esprit avec une terrible vivacité.

— Tout ceci n'est que foutaise et fatigue nerveuse ! s'emporta-t-il enfin, bondissant de son siège dans un brusque regain d'énergie. Je dois finir mes bagages et filer au lit. Je suis épuisé et à cran, voilà tout. Pas de doute, à ce rythme je vais entendre marcher et voir des trucs toute la nuit !

Son visage, cependant, n'en demeurait pas moins pâle comme la mort. Il s'empara de ses jumelles et prit la direction de sa chambre, fredonnant un air de music-hall en chemin... une vétille bien trop criarde pour paraître naturelle. Mais lorsqu'ayant franchi le seuil de la porte, il s'arrêta dans la pièce, quelque chose autour de son cœur se changea en glace et il sentit chacun de ses cheveux se dresser sur son crâne.

Le sac gisait sous ses yeux à faible distance, plus près de la porte de quelques mètres par rapport à l'endroit où il l'avait laissé ; et juste au-dessus de son sommet fripé, il aperçut une tête et un visage qui s'affaissaient lentement hors de son champ de vision, comme si quelqu'un s'accroupissait derrière pour se cacher. Au même moment, un bruit semblable à un soupir longuement réprimé fut distinctement perceptible dans le calme qui régnait autour de lui entre deux coups de vent.

Johnson possédait plus de courage et de volonté que le laissait supposer sa mine de jeune fille indécise ; mais il se vit d'abord submergé par une telle vague de terreur que pendant plusieurs secondes, il ne put rien faire d'autre que rester figé sur place à considérer l'objet d'un regard fixe. Un violent frisson lui glissa le long de l'échine et des jambes, tandis qu'il prenait conscience d'une insensée, quasi hystérique, envie de hurler. Ce soupir semblait avoir été poussé à sa propre oreille ; l'air ambiant en vibrait encore. Il s'agissait indubitablement d'une plainte humaine.

— Qui est là ? finit-il par demander, retrouvant l'usage de la parole ; mais en dépit de ses efforts pour adopter une voix ferme et forte, les mots ne s'échappèrent de sa bouche que dans un faible murmure, car il avait partiellement perdu le contrôle de sa langue et de ses lèvres.

Il s'avança afin d'être en mesure d'inspecter les alentours et le dessus du sac. Bien entendu, il n'y avait rien à voir, rien en dehors du tapis aux couleurs fanées et des côtés boursoufflés de la toile. Il tendit les mains pour ouvrir en grand la gueule de la besace qui s'était affaissée, étant seulement remplie aux trois quarts. Ce fut alors qu'il remarqua pour la première fois que la doublure, à environ quinze centimètres de l'ouverture, présentait tout autour une large tache d'un rouge terne. Une tache de sang, ancienne et délavée. Il poussa un hurlement et retira ses mains comme si elles avaient été brûlées. Parallèlement, le sac de toile fit une légère, mais sans équivoque, embardée vers l'avant, en direction de la porte.

Johnson bascula en arrière, battant des mains à la recherche de quelque chose de solide auquel se raccrocher ; seulement la porte derrière lui se trouvant plus éloignée qu'il ne l'imaginait, elle reçut son poids juste à temps pour prévenir sa chute et se referma dans un claquement retentissant. Au même instant, son bras qui moulinait dans le vide heurta accidentellement l'interrupteur électrique, plongeant la pièce dans le noir total.

Situation embarrassante et désagréable s'il en est, et si Johnson n'avait pas abrité en lui un courage authentique, il aurait fait toutes sortes de choses absurdes. Tant bien que mal, néanmoins, il parvint à se ressaisir et se mit à chercher frénétiquement à tâtons le petit bouton de laiton afin de faire renaître la lumière. Mais la violence avec laquelle la porte s'était refermée avait dérangé les manteaux qui s'y trouvaient accrochés, et les doigts empêtrés dans un chaos de manches et de poches, il lui fallut un certain temps avant de mettre la main sur le précieux interrupteur. Ce fut au cours de ces quelques instants, mélange de perplexité et de terreur, que deux choses survinrent qui le transportèrent au-delà des frontières de l'horreur absolue : lourdement et par à-coups, il entendait distinctement le frottement du sac qui se déplaçait sur le sol, tandis que tout près de son visage, le soupir humain perçait à nouveau le silence.

Dans ses efforts désespérés pour atteindre le bouton de cuivre sur le mur, il faillit s'arracher les ongles des doigts, mais même alors, dans ces frénétiques instants de panique — si rapides sont les impressions qui traversent un esprit submergé par une vive émotion — il eut le temps de réaliser combien il appréhendait le retour de la lumière, et qu'il vaudrait mieux pour lui de rester tapi derrière ce charitable écran d'obscurité. Ce ne fut qu'une pulsion passagère, toutefois, car avant qu'il eût le temps d'agir en accord avec elle, il s'était rendu à son premier désir, et la pièce fut à nouveau inondée de clarté.

Mais sa seconde aspiration avait été la bonne. Il aurait mieux valu pour lui de demeurer sous couvert des aimables ténèbres. Car là, tout près devant lui, penché sur le sac à demi rempli, aussi évident que le nez au milieu de la figure sous le regard impitoyable du plafonnier, se tenait John Turk, l'assassin. Il était là, à moins d'un mètre de sa personne, la frange de cheveux noire se découpant nettement sur la pâleur du front, aussi vivant et fidèle à l'image que le jeune homme avait endurée jour après jour à Old Bailey, lorsque l'horrible crapule était assise sur le banc des accusés, le visage dur et cynique, à l'ombre même du gibet.

En un éclair, Johnson comprit ce que tout cela signifiait : le sac souillé et usé jusqu'à la corde ; la tache pourpre à l'intérieur de l'ouverture ; ses côtés affreusement distendus. Il se souvint de la façon dont le corps démembré de la victime avait été fourré dans le sac de toile pour être enterré, les horribles fragments humains tassés à l'intérieur avec de la chaux ; puis du sac lui-même présenté comme pièce à conviction — tout lui revint, clair comme de l'eau de roche...

Aussi doucement et furtivement que possible, sa main attrapa derrière lui la poignée de la porte, mais avant qu'il parvienne à la faire jouer, la chose qu'il redoutait par-dessus tout arriva, car John Turk leva son visage de démon, et le regarda. Au même moment, le lourd soupir humain traversa à nouveau la pièce en se transformant curieusement en paroles : « C'est mon sac. Et je le veux. »

Johnson se rappela seulement d'avoir ouvert le battant à la volée, avant de s'étaler tête la première sur le parquet du palier en tentant de rallier la salle de séjour.

Il demeura inconscient un long moment, mais il faisait encore sombre lorsqu'il ouvrit les yeux et s'aperçut qu'il gisait, courbaturé et couvert de bleus, sur le froid plancher. Puis le souvenir de ce dont il avait été témoin afflua à son esprit, et il s'évanouit promptement à nouveau. Quand il s'éveilla pour la seconde fois, l'aube glaciale venait à peine de commencer à regarder aux fenêtres, peignant les marches de l'escalier d'un gris morne et lugubre. Il parvint à ramper jusqu'au salon, et se fit une couverture d'un pardessus dans le fauteuil, où il finit par s'endormir.

Une grande clameur vint le secouer. Il reconnut aussitôt la voix de Mme Monks, sonore et volubile.

— Comment ! Z'êtes donc pas allé au lit, Monsieur ! Êtes-vous souffrant, ou c'est-y qu'il vous est arrivé quequ'chose ? Y'a un gentleman pressé qui veut vous voir, bien qu'il ne soit pas encore sept heures, et que...

— Qui est-ce ? balbutia-t-il. Je vais bien, merci. 'Me suis juste endormi dans mon fauteuil, je suppose.

— C'est quelqu'un qui vient d'la part de M. Wilb'rim, il dit qu'il doit vous voir d'urgence avant que vous n'partiez à l'étranger, mais je lui ai répondu...

— Faites-le monter, s'il vous plaît, tout de suite, l'interrompit Johnson dont la tête tournait et l'esprit se trouvait encore encombré de visions cauchemardesques.

Le messager de M. Wilbraham fit son entrée en se confondant en excuses, expliquant rapidement qu'une absurde méprise était survenue, et que le mauvais sac lui avait été envoyé la nuit dernière.

— Henry a, je ne sais trop comment, mis la main sur celui provenant du tribunal. M. Wilbraham ne s'en est aperçu que lorsqu'il a trouvé le sien dans sa chambre, et a voulu savoir pourquoi on ne vous l'avait pas apporté, raconta l'individu.

— Oh ! fit bêtement Johnson.

— J'ai bien peur qu'Henry vous ait donné à la place le sac du meurtrier, poursuivit l'envoyé, son visage n'affichant pas l'ombre d'une expression. Celui dans lequel John Turk a mis le corps. M. Wilbraham en a fait une jaunisse, Monsieur, et m'a ordonné de passer ce matin à la première heure vous donner le bon, parce que vous devez prendre le bateau.

Il désigna le sac de sport d'aspect propret posé près de lui qu'il venait d'apporter.

— J'ai aussi pour ordre de reprendre l'autre, Monsieur, ajouta-t-il platement.

Pendant plusieurs minutes, Johnson fut incapable d'articuler le moindre mot. Enfin, il pointa du doigt la porte de sa chambre.

— Peut-être auriez-vous l'amabilité de le vider pour moi ? Contentez-vous de renverser le tout sur le parquet.

L'homme disparut dans l'autre pièce, et ne reparut pas avant cinq bonnes minutes. Pendant ce temps, le jeune homme l'entendait secouer le sac à travers le fracas des patins et des bottes qui s'effondraient sur le sol.

— Merci, Monsieur, fit le messager lorsqu'il revint avec le sac replié sur le bras. Puis-je faire autre chose pour vous être utile, Monsieur ?

— Qu'y a-t-il ? demanda Johnson, remarquant qu'il y avait visiblement autre chose dont il mourrait d'envie de lui parler.

Son interlocuteur passa d'un pied sur l'autre et prit un air mystérieux.

— Je vous demande pardon, Monsieur, mais connaissant votre intérêt pour l'affaire Turk, je me suis dit que vous voudriez peut-être savoir ce qui s'est passé...

— En effet.

— John Turk s'est suicidé la nuit dernière par le poison, immédiatement après avoir obtenu sa libération. Il a laissé un mot à l'intention de M.

Wilbraham, disant qu'il lui serait très obligé si l'on pouvait l'enfermer, tout comme la femme qu'il a assassinée, dans le vieux sac de toile.

— À quelle heure... s'est-il donné la mort ? prononça Johnson.

— À dix heures, cette nuit, Monsieur, d'après le gardien.

Table des matières